阿木津 英

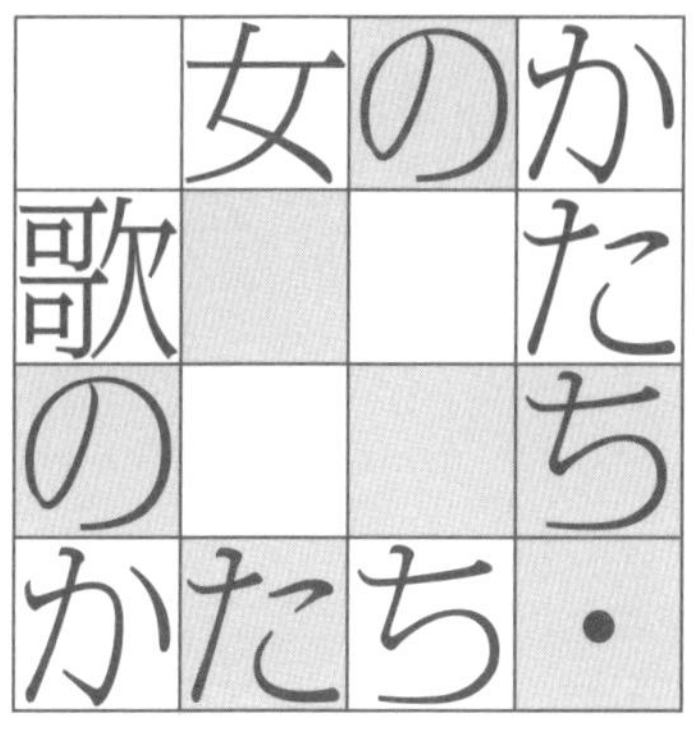

短歌研究社

女のかたち・歌のかたち　目次

Ⅰ　女のかたち・歌のかたち

II　歌人と歌集

Ⅲ 女の歌の系譜

Ⅳ 同じ時代を生きて

Ⅰ　女のかたち・歌のかたち

恋

はるかなる人のまぼろしきぞの夜も現しみわれをばさいなみにけり

永井ふさ子『あんずの花』

一九三七（昭和十二）年、東京から松山に帰った永井ふさ子の思いは、その距離の遠さにかきたてられるようであった。ふさ子、二十七歳。斎藤茂吉、五十五歳。

出会ったのは三年前の九月、正岡子規三十三回忌の歌会である。アララギに入会したばかりのふさ子は、松山から上京して姉の家に寄宿していた。師の茂吉に求められてひそかな逢瀬を重ねるようになったが、所詮は実りの無い恋、断念するつもりで郷里に帰った。しかし、かえって手の届かないはるかな距離にいる恋人のおもかげが、夜になれば一層ありありとたち、うつしみのおのれをさいなむ。まさに身に響いてくるせつなさである。

あふれて余る思いを歌にこめ、ただひとりの人に宛てて送る。他人に知られてはならない恋だから、男名前の偽名を書いて、手紙の封をする。

吾口毛千而吸麻志毛乃乎小夜床爾吾息都貴乃苦志起麻手二（わがくちもちてすひましものをさよどこにわがいきづきのくるしきまでに）
（わが口もちて吸ひましものを小夜床にわが息づきの苦しきまでに）
藤浪乃纏波里爾都々君登吾等志登戸奈里毛留波多江可奈志毛（ふじなみのまつはりにつつきみとわれとしとどなりけるはだへかなしも）
（藤浪のまつはりにつつ君と吾としとどなりける膚へかなしも）

人目をはばかってか、あるときは万葉仮名で歌のやり取りをしているが、容易に人の読めない万葉仮名だと心の枷（かせ）がほどけて、ふさ子の歌は圧倒されるほどに奔放だ。茂吉の薫陶を受けた万葉調の歌の調べが、濃密な官能をつたえてやまない。

＊ふさ子は、郷里でととのっていた婚約を破棄、一生を独身で過ごす。茂吉没後に多数のふさ子宛書簡を公開した。永井ふさ子歌集『あんずの花』藤岡武雄編、短歌新聞社、一九九三・一一

†

プレンソーダの泡のごとき唾液もつひとの傍（かたへ）に昼限りなし

中城ふみ子『乳房喪失』

一九五四（昭和二十九）年、「短歌研究」編集長・中井英夫が募集した「新人五十首詠」第一回で特選となった「乳房喪失」五十首、続いて出版された歌集『乳房喪失』

は、歌壇内外にセンセーショナルな話題を呼んだ。ふみ子は、そのときすでに乳癌で余命いくばくもない。乳房切除の赤裸々な歌や離婚した女の恋を大胆にうたった歌は、五島美代子や森岡貞香など擁護した歌人もいたけれども、歌壇おおかたの反応は、拒否と反感に満ちたものであった。

当時歌壇長老の一人であった尾山篤二郎はその文章に、あなたの息子さんの配偶にこのような人を選べるかと述べ、「こんな荒つぽい詞藻ぢや感情のニュアンスは出て来ないし、もともとそんな感情は持合せてゐなかつたかも知れない」「斯ういふ野卑な人間の作つた歌を、あからさまに天日に晒したヂャナリストの頭脳を私は疑ひたい」と、遠慮なく述べた。

要するに歌がなっておらず、「唾液」だの「乳房」だの、言葉が「野卑」で露骨にすぎるというのだ。にもかかわらず、『乳房喪失』は多くのひとびとの心をうち、その後の女性の相聞歌に大きな影響を与えた。

とりすがり哭くべき骸もち給ふ妻てふ位置がただに羨(とも)しき

衆視のなかはばかりもなく嗚咽して君の妻が不幸を見せびらかせり

愛人の立場からうたうこのような正直な告白は、後にも見ることはまれである。歌壇に登場して四ヶ月、彗星のようにふみ子の命は消え去ったが、その歌は、多くの女性たちを勇気づけた。もっと自分の心に正直になっていいのだと、それを外に晒してもいいのだと――。

†

ラ・ポン・ミラボーききしレコード店を出づ雨降れり女の苦の行方はや

河野愛子『魚文光』

シャンソン「ミラボー橋 Le pont Mirabeau」はギヨーム・アポリネールの詩、「日は暮れ／鐘が鳴り／月日はながれ／わたしは残る」という美しいリフレインがある。店内にながれる哀調を帯びた歌声は、苦しい恋の名残を抱いている女の身をいやがうえにもかきたてる。レコード店を出れば夕暮れは迫り、小雨が降っていた。歩み出しながら、ふたたび身を嚙んでくる苦しみにかすかな声が洩れる。

「ラ・ポン・ミラボーききしレコード店を出づ」「雨降れり」「女の苦の行方はや」――定型にすんなりおさまらない字余りや句割れ、そして吐息をつくような句切れが、胸の軋みを直接に伝えてくる。「はや」は、ああという詠嘆の声。

河野愛子は、戦後、結核を病み、長く療養した。快癒して、おそらくは四十代をすぎたころでもあろうか。ある苦しい恋をした。若い頃の一途な未来をひらく恋とは違う。すべてがやがて月日とともに過ぎ去ることを知っている。それが時の恩寵でもあることを知る年齢の恋である。

魔法瓶青きを抱きて立てりけりおのれは古りし家妻のこゑ

死に去んぬ死に去んぬ灰に作（な）んぬといふものをうすくれなゐの心もてよむ

若いひとびとの恋の歌もいいが、こんな老年に達した女性の深い恋の歌がもっと現れないものか。

＊「ラ・ポン・ミラボー」は「ル・ポン・ミラボー」が正しいが、原作のママとした。

†

ネクタイのサイコロ模様をはずませて人近づいてくるティールーム

俵万智『チョコレート革命』

「人」は、もちろん待ちびと。喫茶店で、待ち合わせの約束をしている。少し、早く着いた。本など読みながら待っていると、約束の時間を回ったころ、サイコロ模様のネクタイをしたその人が息はずませながら、テーブルの間を縫って近づいてきた。「サイコロ模様をはずませて」という一語で、男の近づいてくる様子と、それを迎える自分のはずんだ心があらわれる。いわば幼子のような目の発見であり、「人」に対する無邪気な信頼と好意とが感じられる。

水蜜桃（すいみつ）の汁吸うごとく愛されて前世も我は女と思う

「二人とも愛しているんだ」腕ずもうのように勝負がつけばいいのに

わたしは女でよかった、前世もきっと女だったわ、という、女の肉体をもつことの全肯定。誰と誰が腕相撲で決着をつけるのだろう。妻と愛人か。

愛人でいいのとうたう歌手がいて言ってくれるじゃないのと思う

かつての第一歌集『サラダ記念日』では、このようにうたったこともあった。いかにも軽快で、ちょっと口ずさんでみたというような歌の調子。読む方も何の心理的負荷も感じないでよい。こころよく読んで、こころよく通り過ぎてゆく。初々しい恋の『サラダ記念日』も、性愛表現の大胆な『チョコレート革命』も、どちらの歌も考えてみれば結構せつない立場に立たされているのだが、心のきしみのようなものはほとんどない。

恋の試練によって、人は鞣され、ときに堕落し、ずるくもなり、あるものは一筋の夢にすがり、また代価を支払わねばならないこともある。そのようにして人は成熟してゆくものだったが、九〇年代を浸している時代の空気は、重力を断ち切って軽く軽く表層へと浮かびあがっていく。

産む／産まない／産めない

悪龍となりて苦み猪となりて啼かずば人の生み難きかな

与謝野晶子『青海波』

出産ということが歌われたのは、短歌史上、これがじつに初めてのことであった。一九一一（明治四十四）年、晶子三十四歳。六度目のお産である。双子だったが、死を覚悟せねばならない難産で、一人は死んで生れた。

陣痛の襲ってくるたび「例も男が憎い気が致します」（「産屋物語」）、産後の痛みは「鬼の子の爪が幾つもお腹に引掛かって居る気がして、出た後でまでわたしを苦しめること かと生れた児が一途に憎くてなりませなんだ」（「産褥の記」）、「実際其場合のわたしは、わが児の死んで生れたと云ふ事を鉢や茶椀が落ちて欠けた程の事にしか思つて居なかつた」（同）と、晶子は書く。

この虚飾のない率直さは、つよい。

胎の児は母を噛むなり影のごと無言の鬼の手をば振るたび

流れつゝ蘆の根などに寄る如く産屋に冷えて衰へしわれ

「男は是丈の苦痛が屢〻せられるか」「命がけで新しい人間の増殖に尽す婦道は永久に光輝があつて」「是は石婦の空言では無い、わたしの腹を裂いて八人の児を浄めた血で書いて置く」と、出産の体験から不動の力を得て、晶子は、男性に拮抗する女性の尊厳をそこに見ようとする。

†

胎児つつむ嚢(ふくろ)となりきり眠るとき雨夜のめぐり海のごとしも

河野裕子『ひるがほ』

雨の夜、胎児をつつむ嚢になりきって目をつむっていると、海に浮かび漂っているようだ……あたかも、おのれが胎児であって羊水に浮かんでいるかのように。

母胎のなかに母胎があり、さらにそれを母胎がつつみ、という無限の繰り返し。そういう母系のイメージを思ってもいいし、あるいは大いなる母としての自然につつまれている母胎を思ってもいいだろう。

われの血の重さかと抱きあげぬ暖かき息して眠りゐる子を

胎児をつつむ嚢として自らの身体を味わい、「われの血の重さ」として子どもを抱きあげる自己肯定の感情は、一般にいう母子一体の自己愛に居座ったところから出ているのではない。孕み、産むという体験を通してはじめて、女であるという自分の身体をようやく自らに許すことができた、この世に存在する価値を見いだすことができたというよろこび。そこから発する肯定だと、歌がわたしに伝えてくる。

「はるかな昔に人間が忘れ去っていたもの、思い出すことがあったとしても否定し、その否定のうえから女のいのちを泳ぎ渡ろうとしていたもの。それは、今にして思えば、原始のいのち、あるいは、女の身体だけが、文明の進歩発達からとり残されて、抱えもち続けて来た、原始性、自然性そのものに他ならなかった」（『体あたり現代短歌』「いのちを見つめる」）と、河野裕子はのちに書く。

〈文化〉に対する〈自然〉を、女が、女という身体のなかに見いだしたのである。

†

妊（みごも）りて立居やさしくなりし汝にもてなされゐてわれはまばゆし

富小路禎子『未明のしらべ』

「汝」は、たとえば親しい友人か、妹。ながく独身を保っている「われ」が、新婚の家に訪ねていくと、「汝」が腹部のふくらんだ身体でまろやかな立居をしつつ、もてなしてくれる。今まで親しく知っていた「汝」に神々しい光が加わったかのように、まばゆい。

この歌の「まばゆし」には、結婚していない者あるいは妊娠できない者がもちやすい妬ましさや羨ましさなど、一点のかげりも濁りもない。そこが尊い。

しかし一方で、次のような歌も作らざるを得ないのである。

女にて生まざることも罪の如し秘（ひそ）かにものの種乾く季（とき）

長き脛(はぎ)をどらせて去る少年よ吾子といひて既にふさはしからん

出産という体験を通して女性の尊厳を自らのうちに獲得する輝かしい存在のめぐりに、産むことのできない女が「罪の如」くに面を伏せ、自分の子であるといってよい年頃の「少年」の去ってゆく姿に幻を見ている。

産まない女は、ついに「罪の如」き存在で終わるしかないのか。女性の尊厳や、女の身体をもつことの自己肯定は、出産という体験なしには得られないのか。

†

詩句ひとつ請ふにはあらずからつぽの子宮を提げてぶらりと佇ちて

久我田鶴子『水の翼』

現代の若い女性にとってもなお、産めないことは、存在のしこりである。あえて産まないという生き方もあるにはあるが、そこまで踏み切ってしまうだけの強い意志もない。やはり、産むという体験をもち、子どもを育てる女性のあり方の方が豊かなような気がするのだ。

子を宿さない「からつぽの子宮を提げて」所在なく「ぶらりと」立ちつくしているおのれは、だからといって代償としての「詩句ひとつ」、天に「請ふ」でもない。

女は子を産むべきものと脳髄のどこかで復唱してゐる　われも

いまでは産めなくても離縁されることはないし、存在が全否定されるようなことはなくなった。かつてほど「罪の如」き引け目を感じなくてもよくなった。しかし、女という身体をもって生まれ出たおのれを、ひとりの確固たる人間として肯定し、尊重してくれるほどの社会でもいまだ無い。

冷蔵庫にしまひ忘れゐし椎茸がましろに胞子噴きいだしをり

吐き捨てて石榴の種子のことごとく芽吹く日あるを怖れはじめぬ

繁殖の思想は、現代の女性に強迫観念となって迫ってくる。

母と子

子によする切なき愛も吾子が言ふ自己陶酔に過ぎざりし吾か

五島美代子『母の歌集』

長女ひとみが、東大文学部に入学した一九四八（昭和二十三）年、美代子も国文科の聴講生となり、同じキャンパスに通いはじめた。明治女学校の教師だった母親の生き方に反発して、子どものために育児に専念したいとみずから断った学問の道だったが、やはり心残りはあった。男女平等教育をうたう新しい憲法のもと、初めて女性も、男性と机を並べて大学教育を受けることができるようになった。この新しい時代に、今こそ、娘とともに成長していこうという意欲とよろこびに、美代子は夢中だった。

母われも育ちたし育ちたしと思へば　吾子をおきても行くなり

まだ小学生だった次女をさびしがらせても、長女とともに講義に出ていく。それほどに成長したいという情熱は強い。親の懐から飛び立とうとして危うくも力強い羽ばたきを見せる長女と語りあい、ともに学ぶ日々は、母としてのよろこびに満ち溢れていた。

それから二年もたたない一月のある日、長女ひとみ急逝。自死だった。切ないまでの愛を寄せていると思っていたが、娘に鋭く批判されたように、それは「自己陶酔」に過ぎなかったのか——。若い命を守り通してやれなかった愚かな母だと、美代子は嘆く。

一周忌に、ひとみを身籠もった日の胎動をうたった歌集『暖流』以後、それまでの母の歌をあつめて、美代子はこの『母の歌集』を編んだ。

現代、母性愛をうたう歌人は多い。しかし、五島美代子ほど狂おしいまでの情熱をもってうたった歌人はいなかったし、さらにはこの母性愛が一つの「妄念」であり、「餓鬼道修羅道」に近いものであるという自省をもった歌人は、今に至るまでまれであるように思われる。

かきはらひ忘れむとおもふ血縁のなどかはかくもわが目をふたぐ

†

みどり子の甘き肉借りて笑む者は夜の淵にわれの来歴を問ふ

米川千嘉子『一夏』

たとえば、夜の部屋に湯からあがったばかりの赤ん坊が寝かせられて、いかにも機嫌よく手足を動かしながら笑っている。両腕に抱きあげれば、よく肥えた肉の滑らかさが甘い。その神秘のほほえみを見ていると、みどりごの肉体を借りた何者かが「おまえは今まで何をして来たのか」と問うているような気がする。何かしら大いなる存在が謎のような笑みを浮かべて問うてきている気がする、というのである。
ここにある母と赤子との関係は、血を分けて理屈なしに湧き上がる愛というのでもなければ、護り育む慈愛ぶかくも強い母というのでもない。
赤子は、「われの来歴」を問い「われ」を試さんとして、どこか異界から遣わされた使者である。赤子は、他者である。血縁の情を重んじてきたわたしたちの風土のなかで、これは新しい認識の仕方であるといってよいだろう。このような認識の仕方は、「母」という名のどこからともない愛の強制から、人の心を自由にし、解放する。

〈母親ならば署名を！〉

母なるゆゑいのちの重さ知るべきか母なるものは人も殺めむ

よく「母親ならば」という言い方が、あたかも切り札のように出される。女にむかって切り出されるその言葉には、有無を言わせない響きがある。みずから母親なればこそ、米川千嘉子は、その駆り立ての響きを聞き逃さない。

婚／制度

今日もまた髪ととのへて紅つけてただおとなしう暮らしけるかな

白蓮『踏絵』

『踏絵』刊行は、一九一五（大正四）年。九州の炭坑王と言われた伊藤伝右衛門に嫁いで四年目、三十歳のときであった。伊藤白蓮とせず、ただ白蓮と号のみを署名したところに、せめて歌の世界においてだけは誰のものでもなく、わたしがわたし自身であることを確認したいという気持ちが籠っていはしないだろうか。

夫婦別姓の意識というより、たとえば王朝時代に女として生きる悲しみを綴った「道綱の母」のような、物語の主人公としての「白蓮」といった方が当たっているだろう。

現実のどこを捜しても本当の自分はいはしない。髪を整えて紅をつけて美しいお人形のような自分がいるだけ――。ただ、歌の世界の中においてのみ、わたしはわたし自身として生きている。

かゝるおもひかゝる涙も女ゆゑやごとなき身のわが宿世ゆゑ

何ものももたらぬものを女とや此身一つもわがものならぬ

眼とづれば吾身を囲む柩とも狭く冷たき中にをりけり

十歳で北小路随光の養女、十五歳で北小路資武と結婚、二十歳で離婚、二十五歳で伊藤伝右衛門と結婚。華族という身分の、女という性に生れて、わが身一つも意のままにならない。封建的な家制度に縛られて家長にコマのようにうごかされる。ふと眼を閉じれば、きらびやかで贅沢な部屋も衣装もかき消えて、狭く冷たい柩の中にいるかのようだ。ここに籠る嘆きは、ひそかな告発でもある。
歌は、明星派の影響を受けた王朝風だが、しっとりして重く強い。

†

梅雨ばれの太陽はむし〳〵とにじみ入る妻にも母にも飽きはてし身に

山田（今井）邦子『片々』

『片々』も一九一五（大正四）年刊。白蓮より五歳年下の邦子は、まさに〈新しい女〉の一人であった。一九一一年「青鞜」が創刊されるが、「元始女性は太陽であつた」という言挙げがとどろくような熱い時代の息吹の中で、邦子は親の勧める縁談をふりきり、単身家出し上京、苦境に陥りつつ、女性には新しい職種である新聞記者になった。

やがて、同社の記者今井健彦と自由結婚をする。

邦子の胸は、新しい時代の男女の生活に入るのだという希望に燃えていただろう。ところが、たちまち妊娠し、出産。親にもそむき、誰の言いなりにもならず、人生を切り開き成長しようとしてきたのに、自分の意志ではどうしようもない赤ん坊に足を取られてしまった。

つきはなされつきはなされて幼（ちさ）きもの汝が神経のかくもあれしや

夜もすがら児は叫び泣くさんざんに母が生命を喰（く）ふと泣き泣く

赤ん坊は二十四時間「母」としてあることのみを要求する。自分が自分であることを許さない。憎い。突き放す。突き放された子は、自分のささくれた神経の鏡のように荒れて、夜泣きする。あたかも、母と子の命の喰い合いのようである。

一方、男である夫はというと、以前に変わらぬ気ままさである。喧嘩が起こる。

物言はで十日すぎける此男女けものゝ如く荒みはてける

邦子のヒステリックなまでの激情の噴出には、虚飾のない清さがある。

＊同郷でアララギの歌人島木赤彦は、『片々』の歌に目を留め、高く評価した。やがてアララギ入会、赤彦に師事、今井邦子として戦前の歌壇に活躍する。

魂の根を下ろしがたきこの地(ち)にしてなほ堪へる餘地のありと思へり

館山一子『彩』

†

この地上に、魂の根を下ろしがたいという。苦しみは、「もう、いっそ……」と絶えずささやきかける。そういう苦しみ多き地上でありながら、しかし、なお堪える余地はある。まだ堪えられる、堪えてよい、と思う。

のたうてるわが心かも暗黒(あんこく)の小床(をどこ)の上に眼はあきながら

苦しみのあまり、眠ることができない。暗闇のふとんの中にうずくまって目をみひらいているが、心は傷を負った蛇のようにのたうっている。

あたたかき心こもれるわが友の葉書前におきうたた寝をせり

あこがれし独身生活に入りながらなほし心のみだるるはいかに

館山一子足蹴にされてまろぶよとわれ自らを見据ゑて飽かなく

館山一子は、歌詠みであり黄楊の櫛作りの職人でもあった田邊駿一と結婚し、共に口語によるプロレタリア短歌運動に参加した。気にそまないと仕事をしない夫との生活は窮乏し、十四、五年間を暮したのち、一九三六（昭和十一）年、離婚した。同じころ、口語短歌の限界を悟って定型へ戻り、坪野哲久を師と仰いだ。

館山一子は、自らの心のさまざまな姿を、過酷なまでの冷静なまなざしによって捉え、描く。地味な、理屈っぽい、自虐的なまでに自らの姿を見つめようとするこの歌人は、人々に愛されること、もしかしたら少なかったかも知れない。

しかしかくまで、この地上に立つ一個の心を見つめ続けた女性の歌人はいなかった。

†

未亡人といへば妻子のある男がにごりしまなこひらきたらずや

森岡貞香『白蛾』

未亡人であると知ったとたんに、男の視線が変わる。むきつけに欲望の対象として見てくる。男を欲しがっているに違いないという、おのれの願望を反映した目つきで。

夫に死なれかつがつ生きゆくわれと子をあてはづれしごと人等よろこばぬ

小説などおほよそ寡婦をおとしめたりわれが貞女といふにはあらねど

近年、ライフスタイルが固定的でなくなって、人々の意識がずいぶん変わった。未亡人だからといってどうということはなくなった。しかし、露骨に濁った目を見開いてくるような男は絶えない。相変わらずセクハラ問題がしばしば起きる。あるじがいる女かどうか、そのあるじが近くで見張っているかどうか、敏感に反応するのが女の立場にいるとよく見えて、ときに滑稽、疎ましくもある。

たよりやや間遠かりしころか吾夫は逢ひし湖南のをとめありしとふ

をんならの力づくで汚さるる歴史かなしたたかひに死するくるしみといづれ

森岡貞香の夫は職業軍人だったが、敗戦後戦地から帰ってたちまち急逝した。後に「湖南のをとめ」と関係があったと聞いて、ああ、手紙の間遠になったあの頃か、と思う。夫は恋愛感情をもったのかもしれないが、「湖南のをとめ」は被征服者の立場にある。従軍慰安婦として駆り出され、力づくで陵辱されるそういう女たちと、一方、戦争に駆り出されて死ななければならない男たちと、どちらに苦しみが大きいのだろう。

歌集『白蛾』は、戦後を病弱な体で子を抱えて寡婦として生きる女の、火のような喘ぎに満ちている。

†

車より樹の間とほして燈の見ゆる家には本当の幸福ありや　渡辺貞子『山暦』

夕ぐれ、明かりの点っている窓は、幸福の象徴のように見える。中では、母親が夕餉の支度をし、子どもたちが楽しげな声をあげ、父親が夕刊をひろげる――。家庭とは、明日の労働の鋭気を養うための明るく楽しい憩いの場であると、わたしたちは中学校の家庭科でならった。女はそういう家庭をつくらなければならないし、そこにこそ女の幸福はあると教えられたのだ。

日本の家族制度をよしといふ義姉は結婚の経験のなし

触れ合ひて音たつしじみの汁すひて涙をおとす結婚はいや

じっさいに家庭に入ってみると、そこは女の忍従の場である。この頃のお嫁さんは我慢をしなくなったといったって、それは程度の問題で、夫をはさんで嫁と姑の諍いだの、舅の横暴だの、相も変わらない。夫の意気地なさを責め、舅姑の物分かりの悪さと意地悪さとを訴え、自らのいたらなさを反省し、今にいたるまで同じパターンだ。

だが渡辺貞子は、目の前の個人のみに鉾先を向けない。これはまさしく制度の問題だし、仕組まれた通念の問題である。女の愚痴ではなく、個人の領域の問題でもないということを、昭和三十年より前に表現し得たのは、すごいことだ。

＊歌集『山暦』は、昭和二十六年から四十九年までの歌をおさめてあるが、右に引用した三首は昭和二十七年から二十九年までの歌である。

†

子も夫も遠ざけひとり吐きてをりくちなはのごとく身を捩(よぢ)りつつ

秋山佐和子『空に響る樹々』

「お母さん、どうしたの」と気遣うかわいい声も、背中を撫でてくれる夫の大きな分厚い手のひらも、たえまなく襲う吐き気に身を捩っている自分にはむしろ煩わしい。子どもも夫も遠ざけ、ひとりで蛇のように身をよじりながら、ものを吐いている。

だが、吐いているのは、胃の内容物だけではない。日々、こよなく幸せを感じさせてくれる幼子や夫、そのような者でさえ関われない、おのれひとりの身の深いところに沈んでいる塊。自分でもわけのわからない塊。それが、身を絞って喉元につき上げてくるのだ。このわけのわからない苦しい塊は、何か蛇のような本質を帯びている。古来人々は、蛇に、知恵やエロチックなものの象徴を見てきたのであった。

みづからも穢れゆくべしぢりぢりと背より這ひくる嫉妬を持てば

たれかしづかに目盛り押へよ分銅はかすか震へて定まりがたき

夫の成熟妬むと言ひしシモーヌ・シニョレ老い凄じき女を演ず

ここに湧き起こっているのは、嫉妬。充実した仕事を重ねている夫は、自分の知らないところで男として成熟して行く。見知らぬ女の香りがする。嫉妬は、成熟していく男からすべてを断ち切って、自分のものだけにしてしまいたいという衝動に駆り立てる。自ら制御できない思いの目盛りを、誰かしっかり押さえておいてくれ、と願うばかりだ……。

†

朝帰りの夫(つま)のため淹(い)るる珈琲を温(ぬく)めたり電子レンジで一分

松平盟子『シュガー』

この夫の朝帰りは、どうやら接待のつき合い酒か。「電子レンジで一分」というつきはなした語気に、夫婦の関係が暗示される。妻の憤懣は鬱積している。

子育ての女もつとも充実すと信ずる男の単純さよし

夫(おっと)より呼び捨てらるるは嫌ひなりまして〈おい〉とか〈おまへ〉とかなぞ

ちやん付けでわれをよぶ夫(つま)やさしさといふより甘つたれの側にて

夫には何の悪気もない。妻子を愛し、家庭を大事に思っているから、一生懸命働こうと思う。妻にはいつもきげんよくしていてもらいたい。ところが、何の気なしに〈おい〉とか〈おまへ〉とか呼ぶと、食ってかかってくる。名前の呼び方に気をつけるくらいで妻のきげんがいいのなら、安いものだから「ちゃん」付けで呼ぶことにする……。

とめどなく葉群むさぼる青虫のやうに二人子わが時間(とき)奪ふ

真の闇こころにはあり泣きやまぬ子を階下へと突きおとさむとす

だが、妻は、夫にそういうことを要求しているのではないのだ。一時も自分が自分であることができず、達成感のある仕事をすることができない。事情は、明治大正の時代と一向に変わらない。

かなしみはわれの歯と歯をすりあはすきしきしきしと一月の夜半

違うのは、今の女は「歯と歯をすりあはす」ような悲しみを負ってでも、子どもと別れ、離婚の決断をするということだ。

†

せつなしとミスター・スリム喫ふ真昼夫は働き子は学びをり

栗木京子『中庭』

洗濯は全自動電気洗濯機、炊飯は保温付き電気炊飯器、掃除は電気掃除機、お惣菜も何ならスーパーの棚から買ってくればいい。お金は夫が稼いできてくれるし、子どもが学校に行くようになって、自分一人の時間も持てるようになった。

庇護されて生くるはたのし笹の葉に魚のかたちの短冊むすぶ

夜に入りてやうやくに雪やみしかな泣きて勝ちたるいさかひのはて

いろいろ不満もないではないけれど、一人になって働くとしたら、生活に追われてとてもこのような余裕はもてまい。庇護してやっているという思いで夫がせっせと働くのなら、そう思わせておくがいい。

天敵をもたぬ妻たち昼下りの茶房に語る舌かわくまで

要するに、夫と妻との間に働いている力関係を、へんに正面からつっぱらず、うまく利用してやれば、まさに「天敵なし」なのだ。

だが、誰もいない昼間のリビングでミスター・スリムを喫う妻や、喫茶店でおしゃべりして哄笑する妻たちの、どことない虚勢、空虚さ。それはどこから来るのだろう。

家族の関係

越して来しむすめの家の声聞え常より早く戸を繰る夫（つま）は

川合千鶴子『歌明り』

老夫婦の家に隣接して、娘一家の家を新築したのだろう。引っ越してきた翌日の朝、娘や孫たちの、若い声のさざめきが聞こえてくる。口数の少ない夫が、いつもより早く起きて雨戸を繰り始めた。

願ぎごとも殊更なけれ人なかに児をかばひつつ額づきにけり

願ぎごとは秘密と言へる幼女（をさなめ）が御神籤の字を吾に問ひくる

年老いた自分にはもう神に願うこともたいしてないけれど、人込みに押されつつ、幼い孫をかばいながら手を合わせる。少女は幼いなりに秘密をもっているらしいが、引いた御神籤の字が読めないと言って、あどけなく問うてくる。

川合千鶴子の歌には、どれもおおらかでなつかしい祖母の心が感じられる。

考えてみれば、一生、親子の関係を保ち続けるのは、人類だけだ。身を犠牲にして子をまもろうとする犬猫の類にしても、つがいで雛を育むという鳥類にしても、成長したのちには何の関係もない。これが、本能に強く束縛されているものたちのありようである。

死ぬまで続く親子関係も、家族関係も、わたしたちにはごく自然の感情のように思われるけれども、それは人類の意志による設定であり、仮構である。親子であり、家族であることを、互いに要請しあって初めて成り立つ関係であり、まことに人間的な行為なのだ。

川合千鶴子の祖母の心は、家族の関係が人間的な行為にほかならないと知っているものの伸びやかさをもっている。

†

襖開けて入りたるときになに可笑し老いたる父と母と笑えり

渡辺民恵『零雨集』

老父母の部屋に、襖を開けてはいっていくと、何やら顔を見合わせてくっくっと笑っている。高砂の翁と媼を思わせるような老父母のなからいは、屈託がない。何で笑っているのかわからないまま襖を閉じたあとで、子もふとほほえみをもらすことだろう。

余りたる骨を入るると隠亡がいきなり母の頭を砕く

隠亡にとっては日々の業務であるから、はいりきらない骨を入れるために何のためらいもなく頭蓋骨を突き崩す。しかし、子にとっては母の頭である。あたかも自らの頭蓋骨を突き崩されたかのような痛みが瞬時にはしる。

あとがきによると、この母は、四歳のときから育ててくれた人であるという。血は繋がっていない。しかし、五十年か六十年か、長い年月にわたる家族としての睦び合いの積み重ねによって、突き砕かれる母の頭蓋骨は自分の身体の痛みとなる。

みどりごは紙帳(しちょう)がなかにねむりおりさりながら汝が母こそいとし

みどりごは、孫である。いとしくないわけがないが、それよりも娘である「汝が母」の方をいとしく思うという。出産後のからだが気づかわしい。しかし、これもやがて、みどりごとの睦び合いの時間を重ねていくうちに、「汝が母」に勝るとも劣らぬ思いが生れてこよう。

家族の関係は、人類が意志して積み重ねてきた行為であるがゆえに美しい。意志しなければ家族の関係は保てない。

主婦の仕事

日本海に雪ふれりとぞ茹でこぼす牛蒡はしるき香にたちながら

井上みつゑ『鵬程』

牛蒡はあくが強いので茹でこぼさなくてはならない。流しに湯気がのぼり、牛蒡のつよい香が立つ。そんな台所仕事をしながら、先ほど新聞で見た日本海に雪が降ったという記事を思い出す。

上二句「日本海に雪ふれりとぞ」という静的なイメージと、下三句「茹でこぼす牛蒡はしるき香にたちながら」という動きのある感覚にうったえる語句との調和がうつくしい。

主婦たちは、小さな暗い（このごろはそれほど暗くもなくなったが）台所で、牛蒡をそいだり、茹でこぼしたり、そんな手作業をしながら、思いは「いま、ここ」ではない世界へとわたってゆく。

塩鰯焼くるにほひのたちこめて心身曾て富みしことなし

また、ある日には塩鰯の焼けるにおいのなかで、思えば心も身体も富むということはかつてなかったと、自らをふりかえる。

台所仕事がいやというふうではないが、そうかといって牛蒡や塩鰯そのものに、あるいは茹でこぼしたり焼いたりする作業そのものに、豊かに心が向かい合うということもない。何か永遠の苦役を課せられているかのようにも思われてくる。

塩鰯を焼くこと、あるいは牛蒡を茹でこぼすこと、作業そのものに生命が宿るような、そういうこころのあり方を、わたしたちはどのようにすれば持てるのだろう。

†

〈新しい女〉など言ふおぞましさ朝々這ひつくばひて床拭く

今野寿美『星刈り』

〈新しい女〉という言葉は、明治末期から大正初期にかけて第一波フェミニズムのころ現れたが、不思議なことにこの言葉の鮮度はなかなか落ちない。いまなお、〈新しい女〉という語は人々をひきつけ、あるいは反発させる。それだけ世の中が基本的には変わっていないということだろう。またもっと言えば〈新〉の語には、〈古〉いものの価値を下落させた近代の呪力が浸み通っているということでもあろう。

『星刈り』は、一九八三（昭和五十八）年刊。第二波フェミニズムが盛り上がりを見せていたころであった。〈新しい女〉などといってあの人たちは騒がれているが、自分はこうやって朝々這いつくばって床を拭いている——。「這ひつくばひて」という語の遣い方に、作業を決して楽しくよろこびあるものとは思っていないことがわかる。いわば、奴隷のような仕事。このような仕事をわたしは引き受けている。わたしを「奴隷」だというのか、あの〈新しい女〉たちは。

反発は、〈新しい女〉たちがジャーナリズムで喧伝され、取り沙汰されればされるほど、つよくなる。自分の立場に、圧迫を感じるのだ。この歌は、そういう圧迫への抗議である。

雑巾を捨てて立ち上がらないものは「奴隷」だというような、単純な進歩主義に拠ることができない以上、わたしたちは入り組んだ過程を通って前進していかなければならないだろう。

職業

くらげ群るる中に仮死せる鯔の子は血のにじみたるくらげを吐きぬ

川合雅世『貝の浜』

引きあげた網の中に、鯔(ぼら)の子がくらげに刺されて仮死している。その鯔の子が、血のにじんだくらげを吐いた。くらげと鯔の子との、すさまじい生の闘争の結末である。

網に入る子鯖は子鯵くわえたりくわえたるまま網に息づく

磯蟹のしわざならんか網にかかる鮎並(あいなめ)食いて皮だけ残す

さばかれて空気の洩るる顎をもてなお啼かんとす皿の上の河豚

昔、西行が旅の途中、海辺で子どもたちが何か拾っているのを見て問うと、「つみ」という貝だと答えた。そこで〈おりたちて浦田に拾ふ海人（あま）の子はつみより罪をならふなりけり〉と歌を詠んだということだが、ここ渥美半島の漁師である川合雅世が開いてくれる世界も、わたしたちに「罪をなら」わせる力をもっている。くらげや鯔や、磯蟹（いそがに）や鮎並や河豚（ふぐ）や、そして人間も、生きとし生けるものの、三つどもえ、四つどもえの闘争の場だ。酷（むご）いが、しかしまた力の満ちてくるような生の躍動感もそこにはある。

売り箱の中に仔を産む奴智鮫（どちざめ）に人ら競いて値をつけにけり

妊んでいた奴智鮫が売り箱の中で仔を産んだ。希少価値なので、人々が寄ってたかって値を競りあげる。まるで産み終えたばかりの自分が赤子もろとも、人目にさらされ競られているような気がする――。人間の仕業の酷さは、海辺での生の闘争とは異質のものである。

†

むらさきの仔牛の舌のながながしと見てゐてあなや顔舐められつ

石川不二子『鳥池』

石川不二子は、東京農工大学を卒業したのち、一九六一（昭和三十六）年結婚して、島根県三瓶山麓に開拓酪農生活に入った。若々しい理想に燃える青年たちの集団農場の試みである。やがて、一九七二年、岡山県に移り、新しい農場を作る。

仔牛の舌というものは長いもんだなあと、ぼうっと見ていると、「あなや」――ああっと思う間もなくぺろりと舐められてしまった。

拾ひ出して仔牛は食めり湖草(こさう)といふ輸入乾草のなかの蓮の葉

酪農をしている石川不二子にとって、牛はもっとも身近かな対象であるはずだが、その牛を〝まるで家族のように〟は歌わない。舌が長いなあとか、この牛の好んで食べる草は「湖草」というのだとか、そういう観察、言葉やものへの関心がつよい。自分の家族と牛たちと牧草地、といった親密な情愛による閉鎖的な領域を作らず、等しく距離を保つまなざしに、ひろがりをもった自由が生れる。

空中の雲雀の小さき胸廓を思ふときわが胸熱くなる　『野の繭』

家の壁を匍ひあがり来てきのふより硝子地獄のうへのみのむし　同

空中に鳴きのぼる雲雀の胸廓を思い、硝子窓に達してつるつるした感触にさぞかし苦しんでいるに違いないみのむしを思い、あらゆるものの中にひとり物思うこころを放つ。

†

エアカーテンの風をまともにゴムの葉はをやみなく揺れて光を散らす

大西民子『風水』

エアカーテンの生温い風が天井から吹きつける。それをまともに受けて、照りのあるゴムの厚葉がおやみなく揺れる。光を散らすような葉の揺れを目の端にいれながら、一日職務を執りつづける。現代的な職場に漂う何とないもの憂さ、かすかな倦怠……。「まともに」のあとに、「受けて」という語が省略されており、この省略が「ゴムの葉」のおやみない揺れをありありと現出する。

いつとなくギプスに固められきたる心のごとし長く勤めて

職場は地獄などと思ふにあらねども穴より出でしごとくに歩む

大西民子は、結婚してほどなく家を出ていった夫を待ちつつ、苦しみに満ちた若い日々を送るが、ともかく自分の口は自分で養わなければならない。今でもそうだが、独り身の女性が一生勤めることのできる職種には限りがある。高校教師を経、県の職員として勤めることのできた大西民子は、むしろ幸運な部類であっただろう。

生活を守るぎりぎりのところで勤めてきて、思えば日に八時間を宿命のように費やさなければならない労働。そのかすかな倦怠、どことない非人間的な感触。それを、「ギプスに固められ」たような心とうたい、「穴より出でしごとくに」とうたう。

しかし、〝職場は地獄〟として否定しようというのでもない。現実を生きていく者として、「いま、ここ」に与えられた苦役をあくまで引き受けようとする、ゆるぎない意志の沈んでいるのが見える。

†

いつも一歩下がって生きているような首に巻きたる花のスカーフ

上妻朱美『螢』

大学卒業後、入社したのは半導体関連の会社だった。一九九〇(平成二)年前後は、日本のコンピューター関連企業が世界のトップを走っていた頃である。うなぎのぼりの業績のかげで、「過労死」という日本語が世界に通じるほど、残業につぐ残業がサラリーマンたちには強いられた。

一九八五年、男女雇用機会均等法制定、翌年施行。女性をめぐる環境もだいぶ変わり始めたようにみえる時代に、「いつも一歩下がって生きているような」とは、と思う。しかし、これが当時の、そしてもしかしたらいまも、企業の、つまり日本の組織体における女性の現状だろう。一歩も二歩も下がることが当然で口にするのも愚かな時代から、ようやく「……ような」と言える時代に移ったばかりのころだったのだ。

結婚の後も辞めない京子さんが休み時間の話題となりぬ

男から男の手へと渡りゆく㊙記しし重要書類

女性は結婚退職するものという暗黙の了解があって、居座る者は「休み時間の話題」となり、だんだんいづらくなっていく。誰にでもできる仕事で長く居座られては給料がかさむし、忙しい若い男性社員の結婚相手の候補にもならず、何のメリットもないと、企業側は考えている。職場は、すべてが男性中心に回る。

ペンシルの芯を折りつつ事務執りていたりし上司病みて死にたり

だが、そこは、おおかたの男性にとっても容易い環境ではなかった。筆圧がつよくて粘着質を思わせる性格の上司は、あわれ、病気して死んでしまった。企業という機構はばりばりと人を呑み込んでゆく。

噴水の持てる秩序を灯（ひ）は照らす水の越えてはならぬ高さを

歴史／時代

いくさにて裂かれしからだ後生にて必ず直してあげるから子よ

桃原邑子『沖縄』

こんな悲しい歌があるだろうか。ちりぢりに血まみれに裂かれた肉片をまえに、おろおろと、親はなすすべを知らない。死んだということより、目の前に子どもの体がばらばらに飛び散っていることが何より受け入れがたく痛ましい。「あの世で必ず直してあげるからね」という約束に慟哭が聞こえる。

死にし子のポケットにある黒砂糖けふの三時のおやつなりしを

子を殺めし特攻兵にわが見せし笑顔の嘘をとはに悲しめ

一九四五（昭和二十）年四月、台湾宜蘭南飛行場から沖縄に向けて特攻機二十機が飛び立とうとしていた。まず一機が飛び立ち、二機、三機……、そのとき三機目の方向がいきなり逸れ、飛行場の端で見ていた子どもたちの方へ突っ込んできた。一瞬のうちに上半身を引き裂かれた子どもは、中学二年生の長男良太。息子は、味方であるはずの日本の特攻兵に殺されたのである。

「十死零生」といわれる特攻兵のあなたも悲しい。許してくださいと頭を下げるあなたに、わたしは笑顔を見せた。その嘘を、わたしは息子のために永久に悲しまなくてはならない……。

わが子の無残な死を人前に晒したくないという気持ちもあって、戦後の三十年ほどは相聞歌風の歌を作ることで悲しみから逃げようとしてきたと、桃原邑子はあとがきに述べる。一九八六年、いまようやく歌集『沖縄』は一冊をあげて、わが子のみならず、すべての沖縄の人々のために、悲惨な戦場となったそのありさまを歌い続ける。

なびき寄る藻にかくれしは頭蓋にて鼻腔を透きて潮の流るる

生きてゐるわがてのひらに載するとき兵の指の骨しばし憩へよ

空中戦に飛びにし兵の肉のひら梯梧の梢に花のごとしも

このおびただしい死体を、単なる数量にしてしまってはならない。一人一人の個の死として歌に刻みこみ、わたしたちの記憶に刻みこんでおかなければいけない。わたしの一首一首が墓だ——そう、桃原邑子の歌は告げている。

つつましく母性史読めりまよひなし強権は常に人を死なしむ

山田あき『紺』

†

歌集『紺』は、一九五一（昭和二十六）年刊。一九二九年にプロレタリア歌人同盟に参加し、坪野哲久と結婚。歌を始めてから二十余年になるという山田あきの最初の歌集だったが、一九四六年から五〇年までの戦後の歌だけを収めた。

亜細亜より手をひくべしと叫ぶとき日本の主婦の前進あり

ありきたりの女の場(ば)にてもの想ふ慣性をやぶりさらに到らむ

敗戦直後の労働組合運動の盛り上がり、社会党内閣の成立、やがて五〇年前後から始まるレッドパージ、朝鮮戦争……。この敗戦後の五年間に、戦後生れ世代には想像することもできないような、湧き上がるような未来への希望があったことを、山田あきの歌は教えてくれる。未来への希望はいまこそ信ずるに足るものとなったと、高らかな調べを放つ。「母」であり「主婦」であるところからの抵抗の声を、山田あきは手ごたえ確かに感じ取る。

だが、時は残酷だ。希望は〈原子力すでにソ連に活きて平和の鍵をつよく把握す〉といったようなところに預けられていたのであり、すでにその経緯と結末とをわたしたちは知ってしまった。

しかし、それでも山田あきの歌を、一個の虚妄として歴史の彼方に押しやることはできないだろう。あとがきに「日本の女性のすべてがさうであるやうに、長い間、私の内部に鬱積してゐたもろもろの感動が、終戦といふ激変を契機としてやむにやまれず噴きあがり、これらの歌どもとなつたのであります」と書くように、ここにはようやく解き放たれた女性の歓喜の声があるからだ。それはあたかも植民地から解放されて独立国となった人びとの歓喜の声と同じ響きをもっている。この歓喜の声だけは消せない。

†

舞いおわるひとりの足のほてるとき見捨つるに似て遠し〈六月〉

馬場あき子『無限花序』

〈六月〉とは、一九六〇（昭和三十五）年六月十五日、日米新安保条約反対を訴えて、全学連学生デモ隊が国会構内に突入し、警官隊と衝突、当時東大生であった樺美智子が死亡した月であり、その事件を象徴する。

シュプレヒコール声嗄れて夏の街ゆけり腕くみて信じあうほかになく

六月十八日、東大で樺美智子合同慰霊祭、国会周辺にデモ隊三十万人が波打った。翌十九日、新安保条約は自然承認。

馬場あき子もまた、高校教師としてこの安保反対闘争に加わった一人であった。しかし、あの国民的な盛り上がりを見せた闘争も、「腕くみて信じあうほかになく」というように、すでになぜかそのなかに敗北のきざしを含んでいる。敗北と挫折の苦い気分が、「見捨つるに似て遠し」という語にこもっている。

よもぎ野にみちいる夏に兄の屍に咲くあればもしわが身ならずや

馬場あき子は、この敗北と挫折の気分を、「耐えて待たねばならない時間の長さ」のなかに引き取っていこうとした。産み継ぐ母系に属するものであるがゆえに、わたしは〈待つ〉ことを忘れない、〈待つ〉ことができる、というのだ。

†

あてどなく街さまよいぬデモ指揮の笛の音のごと凪の鳴る日は

道浦母都子『無援の抒情』

早稲田大学に進学した道浦母都子は、ベトナム反戦運動にかかわり、やがてある極左グループに加わった。一九六八（昭和四十三）年十月二十一日の国際反戦デーでは全国六百箇所で集会やデモが行われたというが、この日、東京新宿では全学連の学生たちが国会・防衛庁に侵入、新宿駅を占拠・放火、警視庁は騒乱罪を適用して七三四人を逮捕した。この新宿騒乱事件から一ヶ月のち、母都子の下宿に公安警察官が踏み込み、逮捕、二十三日間拘留された。

同じ年の二月、九州では原子力空母エンタープライズ入港に反対して、全国各地の大学から全学連の学生たちが佐世保に集結し、その中継地点として九州大学は騒然とした。その余韻の残る春四月にわたしは入学したが、二ヶ月後、建設中の九大の大型計算センターに米軍偵察機が墜落。板付基地撤去を要求して、全学あげてのデモがうたれた。母都子もわたしも、七〇年安保闘争のただなかに、大学生活を送ったのである。キャンパスでは、大きな立看（タテカン）に「日米帝国主義破砕」といった黒々とした文字が躍り、昼休みにはあちこちでヘルメットを被った学生がりんご箱の上にのって、携帯マイクでがなりたてた。キャンパスは沸騰していた。そのモラトリアムな空間のなかには、受験戦争の拘束から解き放たれた開放感と、あらゆる権威と秩序とを否認し破壊していく快感とが満ちていた。

「黙秘します」くり返すのみに更けていく部屋に小さく電灯点る

釈放されて帰りしわれの頬を打つ父よあなたこそ起たねばならぬ

一九六九年に東大安田講堂での攻防戦があり、大がかりな機動隊導入があった。九大でも翌年七〇年、ロックアウトされていた学内が機動隊導入によって強制解除、学生運動はたちまちのうちに鎮静化していった。母都子とともに、わたしも寒々しいうつろな風が吹いていたキャンパスをまざまざと思い出すことができる。
これらの歌の心情はまさにわたしのものであり、わたしたちのものだった。

†

画面より「鉄の女」の声ひびき東のわれの今日のをののき

三国玲子『鏡壁』

「鉄の女」は、もちろんサッチャー元英首相。フォークランドを制圧せんとする、断固たる「鉄の女」の声がテレビ画面から響いてくる。

妻にして母にして一国を負ふ者が撃て撃て撃てと叫びて止まず

フォークランドを侵し来りし一人にてその子を抱くかく晴れやかに

子どもを産み育てたことのある母親なら戦争なんて引き起こせるはずがない、などというような「良識」はたんなる感傷にすぎないことを、画面の「鉄の女」の声は暴露する。イギリスでだって、女性は政治の中心から排除されがちな存在であろうが、いったん登りつめて「一国を負ふ者」となったときには、むしろさらに過酷な支配者となる。

テレビ画面から「鉄の女」の「撃て撃て撃て」という声の響きを聞くとき、同じ女性であるという感傷は砕かれ、自分が「東」に属している者であることのみがくっきりと浮かび上がってくる。すなわち、西洋中心主義、植民地主義。

彼らはフォークランドを戦場と化し、殺戮を犯してきたその手で、晴れ晴れと自分の子どもを抱き上げるだろう。

頭頂が痒くて痒くて掻きつのり血を流し掻く夢　覚めてあかとき

今井恵子『ヘルガの裸身』

†

この歌は、一九八四（昭和五十九）年から八七年にかけて、横浜の高層団地に住んでいたころに作られたものの一つであるという。バブル景気が加速度的にふくらみ、ジャパン・アズ・ナンバーワンといわれ、物質的繁栄にひとびとが酔っていたようなころであった。

化物のように平和は保たれて向日葵は八月の昼をうつむく

午睡の汗ぬぐえばまたも朝顔が蔓を伸ばして窺いている

住まいは高層団地で狭くはあるが、それなりにこぎれいで、豊かな生活。心配や不満といえば残業につぐ残業で夫がほとんど家にいないことだが、それも考えてみればぜいたくな悩みである。子どもたちを育てながら、何ごとも起こらない日常。確かに「平和」だ。だが、この「平和」にはどこか「化物」のような不気味さがある。物質的繁栄の影に何かが抑圧されており、その正体がつかめない。昼寝から汗じっくりになって覚めて見ると、朝顔の蔓がベランダのアルミサッシの格子に巻きついて揺れている。絡みつくものがあるかぎり巻きついて葉を茂らせてゆく朝顔の蔓は、ひそかに侵入し繁殖していく何ものかの触手のような気がする。

頭のてっぺんが痒くて痒くて、血が流れるまで掻きつのっている夢を見た。膜で覆ったような苛立ちが心の奥底にひそんでいる——。

病

後世(ごせ)は猶今生(こんじやう)だにも願はざるわがふところにさくら来てちる

山川登美子『山川登美子全集』

「明星」一九〇八（明治四十一）年五月号に最後に発表した「日陰草」一連中の一首である。

あの世はもちろん、この今生きている世においてさえも、何一つ乞い願うことのないわたしのふところに、桜がひとひら流れてきて散った——。

「願はざる」という語の響きは強い。病篤くいくばくも無い命だから何も願うことがなくなった、というような消極的なものではない。きっぱりとした拒絶に虚無の響きがこもる。

山川登美子は、創刊されたばかりの「明星」で、与謝野晶子と並び称される才能を示した。与謝野鉄幹を慕うひそかな気持ちがあったが、一九〇〇（明治三十三）年、父親の命ずるままに結婚。三年後には夫病没、日本女子大英文科に入って、鉄幹の奨めにより山川登美子・増田まさ子・与謝野晶子共著『恋衣』を出版した。一九〇七年、肺結核を病み、退学。

翌年、不憫がってくれた父が病没した。自らの病も篤い。母屋から隔離された暗い小屋のうちに独り横たわってうたう。

胸たたき死ねと苛（さいな）む嘴（はし）ぶとの鉛（なまり）の鳥ぞ空（そら）掩ひ来る

おつとせい氷に眠るさいはひを我も今知るおもしろきかな

「明星」四月号「雪の日　父君の喪にこもりて」より。共に鉄幹を慕い、歌に励んだ晶子が、輝く向日葵のような運命を生きていたとすれば、登美子はまさに「日陰草」であった。だが、この「日陰草」の強さはどうだろう。「後世(ごせ)は猶今生(こんじやう)だにも願はざる」――あの世でもこの世でも、希望というものをいっさい持とうとは思わないという。絶望の深みに棲みつこうというのだ。そう思ったとき、ふところに散りこんでくるひとひらの桜は、何の暗示なのか。

わが柩まもる人なく行く野辺のさびしさ見えつ霞たなびく

†

すこしづつ書をよみては窓により外をながめてたのしかりけり

三ケ島葭子『定本 三ケ島葭子全歌集』

何のへんてつもない歌だが、安らぎに満ちている。好きな本を少しずつ読んでは、ぼんやりと外を眺めるというだけのつつましい安らぎ。

三ケ島葭子は、一九一六（大正五）年、三十一歳のときに結核発病、生後一歳の赤子は舅姑の手に預けられた。病弱の体で、家計を助けるために賃仕事の縫物をしたり内職をしたりしながら、小説や歌など創作への意欲も失わなかった。

みだれ来る心抑へんすべをなみ軒ばの草をひとりむしるも

障子しめてわがひとりなり厨には二階の妻の夕餉炊きつつ

うつそみの深きさだめと思ひつつわが下心つねに怒れり

ところが、大阪に単身赴任していた夫が愛人をつくる。のみならず帰京の後は夫と愛人が二階に住み、葭子は階下で暮らすという生活が始まった。葭子の台所で、「二階の妻」が夫と二人の夕餉を炊いている。平静を保とうとすればするほど、心の深いところで怒りは燃え盛る。やがて二人は転居、独り住まいとなった年に脳出血を起こし右半身不随。葭子の命はもう一年も残されてはいない。そんな生活のなかで詠んだのが冒頭の歌。孤独のなかで初めて安らぎのある歌がうたい出されていることが悲しい。

†

生きてあれば古稀を迎ふる吾父を夜のともしびと恋ひ思ふかも

津田治子『津田治子歌集』

津田治子は、一九二九（昭和四）年、十八歳の春にハンセン病を発病した。すでに母亡く、姉は治子の病が現れてから家を出てゆき、五年間の「世に隠れ人におそれた月日」を父と暮らして、三四年、熊本の回春病院に入院。

老いた父のことばかりが恋しく気がかりだが、いくら手紙を書いても返事がこない。人づての話では、便りを絶って久しい父が自分の写真を姉に隠し持っているという。

この年の逝く思ひには空襲にわが老父はながらへたりしや

金を送りて貰はむなどと思はねば父の消息(たより)は知りたくありけり

治子は、一生を通じて父を恋い慕った。世間からはもちろん、肉親である姉からも疎ましがられ、戦争中には「国費消耗の民」として、生きていることさえ無駄のようにいわれた。しかし、父だけは病んだ自分を哀れみ、いとおしんでくれた。それはとりもなおさず、自分がこの世に存在する価値があるということだ。治子は、このたった一本の細い糸を手放すわけにはいかない。

ハンセン病は感染性の低い病気だが、「正常」かつ「清潔」な近代社会形成の過程で、「忌み嫌われ排除されるべきもの」という隠喩を帯びた病として、行き過ぎた強制隔離のあったことが近年明らかにされている。五感が麻痺し、病み崩れていく身体症状には、確かに胸を突かれる。差別の原因にはそれもあるだろう。しかし、考えてもみるがいい、それが肉体というものなのだ。朝露に輝くような肉体もあれば、病み崩れた肉体も、老いかがんだ肉体もある。やがてはどんな肉体も一片の白骨だ。そういうことをまっすぐに見つめたい。

†

風塵の激しき町に棲みわびて内なる声の熄(や)むときもなし　安永蕗子『魚愁』

病は、それまでに積みあげてきた一切を崩し去り、個人のうえに運命として襲いかかってくる。じつは、社会的な要素のまったく絡まっていない病など無いといってもいいほどなのだが、あくまでその運命は個人が背負っていかざるを得ない。

安永蕗子もまた、敗戦直後に結核を発病した若者の一人だった。片肺を断って、ようやく病は癒えたものの、この後をどのように生きていったらいいのか。父の店を手伝って、終日売り場に坐っているが、このようにして自分は生を終えるのか。絶望に踵を接した日々にあって、嘆きは深い。だが、そのぎりぎりのところから跳ね返してくる生命の力があった。

「風塵の激しき町」——街路を鋭く吹きあげてくる埃が、目を刺し、頰を打つ。自分の棲んでいるこの世の運命が吹きつけてくるきびしさのなかで、しかし、むしろ一層生命力をかきたてるかのように「内なる声」が身裡をのぼりやまない。

蘇りゆきたる痕跡(あと)のごとくして雪に地窖が開かれてゐつ

イエス・キリストの復活していった跡のようだ、と雪に開く穴を見た。それは自らの蘇りの予感でもあっただろう。

†

自らを幸福と感じねばならぬかの如し太陽はかがやきをりて

安立スハル『この梅生ずべし』

太陽の輝きを浴びるとき、幸福だという気持ちが湧いてくるのをかすかに覚える。というより、こういうときに人は幸福感を覚えるのだな、という醒めた感じ。命の盛りを長く病んできた自分は、無邪気に幸福感に浸りきることができない。それでも、万人にあまねく与えられるこの輝きを、やはり幸福と感じなければならないのだろう——。

「感じねばならぬかの如し」という、ぶっきらぼうな陶酔感のない言い方に、自分にとって幸福とはどういうことなのか、厳密なところを量り出したいという、問い詰めた知的なまなざしが籠る。

安立スハルは、一九三九（昭和十四）年、十六歳のころに肺結核を発病、一時回復して勤務したが、一九四九年、再発。母親に看護されて、長い療養生活を送った。

病床にあって、どうしても眼は内へと向かわざるを得ない。見つめれば見つめるほど、人間や人生というものの悲惨さにつき当たる。「私はこの事実をはっきり自覚することからはじめようと思いました」と、歌集のあとがきに書く。

いい加減にごまかそうとせず、まともに生きることを考えれば、いつでも一寸先は闇です。どこにも光はありません。どこにも光がないのなら私はそれを自分でつくり出すほかないのです。唯一独自の置き換えのきかぬものを、私は身をもって創り出さねばならないと思いました。

たとえ、何一つ役に立たないような身であっても、「唯一独自の置き換えのきかぬもの」である。そういう置き換えのきかない存在としての自分の姿を、はっきりと人びとの眼前に現していかねばならない。

健康な者たちはさまざまな気散じがあるために、いつの間にか自分が置き換えのきく部品のようなものになってしまっていることに気づかない。生きる意味を最小限に縮小された病者だからこそ、かえってそういうことを痛切に知り得る。

†

たつた一個の林檎のくらがりの中に這入り幾日を座りをりしわれなる

高橋正子『紡車』

虚無が身体のなかに巣喰ってしまったとき、人はどうすればよいのだろう。「たつた一個の林檎」のなかは、茫漠と果てしもなくひろがる暗黒である。時間が止まったように、そこにぽつねんと坐りこむ。ひからびて暗黒のなかに崩れ去ってしまうのを待つかのように。

しかし、生あるものには生ある限り、自らを引き戻そうとする力が働く。「幾日を座りをりしわれなる」と、われとわが姿を見つめ、言葉にあらわして、ようやく自らのうちにある生の力を確認した。

ぞつくりと白粉花の巨き株を根こそぎ提げて駈けてゆく人

白粉花の生きている細い根を、地面からぞっくりと引き剝がして提げていく人は、あたかも死神のようである。地中に張った根を引き剝がされる痛み——それは死神に連れ去られようとする、自らの生の痛みだ。生の根元に巣喰ってしまった虚無は、いったいどこからやって来たのか。高橋正子は、この歌集を出してのち、ついに命を絶ってしまった。

想／肉体

紡錘絲ひきあふ空に夏昏れてゆらゆらと露の夢たがふ　　山中智恵子『紡錘』

「紡錘絲」とは、生物の体細胞分裂のとき、分裂した染色体を両側から引っ張る糸のようなもの。全体として紡錘すなわちつむのような形をしている。染色体が、両側に完全に引き離されてしまうと、体細胞の分裂がおき、一つの細胞は二つにわかれる。

夏のたそがれどき、大空に藍が深まりゆき棚びく雲にはなお濃い黄を残している。「紡錘絲」が両側から引き合うかのような緊張のみなぎったときが過ぎ、雲の黄のいろはしだいに褪せ、やがてあたりは混沌とした草叢の影を置く藍の世界。

草叢の葉末に、露の玉がゆらゆらと揺れている。何だか、いま大空で分裂を終えたばかりの細胞が二粒のしずくとなって地上に現れたかのようだ。一つであったものも、二つにわかれてしまうと、見る夢はそれぞれ違ってくる。露の白玉は、ゆらゆらと異なる夢を見ながら、かつてそこに一つであった大空のくらい光を映しているのだろう。〈わたし〉というものを、原初までたどり返していくとき、個としての存在はかき消え、あるのはこのような生の息吹の濃密な世界のみ。そこに〈わたし〉は遍在している。

この歌にはエロスの影が感じられるが、世界に生の息吹の濃いとき、それはいつもそうであるのだろう。

前衛短歌興隆の時代、山中智恵子は独自の難解な文体をもってあらわれた。難解ではあるが、読み解いていけばそこには濃い想念の世界が現れる。

†

あおあおと躰を分解する風よ千年前わたしはライ麦だった

大滝和子『銀河を産んだように』

風に吹かれて立っていると、細胞が梳かれて分解していってしまうような気がする、わたしの身体を構成している有機物質は千年前はライ麦だった——。

輪廻転生というより、このような科学的合理的な解釈の方がふさわしい。肉体が分解していくのは死体となってからのちのことだが、歌にはそういう肉体性がなく、想念のなかで身体が分解され透明になっていく。千年という大きな時間単位が、そんな感覚にリアリティを与える。

肉体なんて、ほんとうは汗や涙や鼻汁や、あらゆるところから分泌物がしみ出していて、べとべとどろどろしたものである。そういう、臭いもあってべとべととして、といったような肉体性を、極小化していこうとする感性。

めざめれば又もや大滝和子にてハーブの鉢に水ふかくやる

朝目覚めたら絶対大滝和子以外のものになっている……はずだったのに、またもや大滝和子であることを発見、まあこんなものか、しかたないな、と、朝ごとの仕事であるハーブの鉢に水をやる。

目覚めたときに、たとえばライ麦になっている自分を確認するのは、「大滝和子」の想念である。たった一個の肉体に束縛されたくない。想念としての「大滝和子」は変身を待ち望む。

†

風と風出会ひては結びすずしさの塩のごときを降らせてをりぬ

川野里子『五月の王』

風の切っ先と切っ先が出会っては、ひとかたまりの風となって吹いてゆく。そのとき、すずしい塩のようなものを降らせているのが見える。出会いがあって、結ばれる。そういう関係を、「風」や「すずしさの塩」という比喩をもってすくい取るところに、聖なるものへの憧憬と、無機質的な感覚への親和性が感じられよう。

斑鳩(いかる)きてぽぽうと鳴けば幾時代過ぎたるならむ頰づゑをとく

斑鳩が鳴く声にふとわれに戻って、頰杖を解いた。幾時代かが過ぎるのは想念のなか

――。現実に過ぎ去った時間は、ほんの数分にすぎない。大きな時間単位のなかにおのれを滑り込ませ、いま・ここにある肉体が極小化してしまう感覚を味わう快楽。そして、現実時間の退屈。

放送塔スピーカーより声透り家族らの遊び止みゐたる芝

公園の放送の声降りやめばさざめきてあそぶ輪とまたなれり

姿の見えない何者かが放送塔スピーカーから流す命令に、家族という単位をもって自分たちは無邪気に統べられ管理されている一人であることをも、川野里子は感じ取っているようだ。これが、現実時間のながれる世界のありようである。

†

何もせぬ一生と決めて寝ころべば海鳥の声胸に貼りつく

松実啓子『わがオブローモフ』

砂浜に寝ころぶ。この一生を、何にもしないで過ごそう、無為のままに過ごそう、と心を決める。そう思いつつ目をつむっている自分の胸に鳴いている海鳥の声が貼りつくようだ。

どどと来る波なまぐさしいのちとよ営為とよわれは砂遊びする

海は、限りないいのち。波は、たえまない営為。しかし、海も波も、わたしには生臭いばかりだ。若者たちは、砂浜で生まれた海亀の子のように、次から次に、何のためらいもなく、波の営為にのって海の中に入っていく。だが、わたしにはできない。そうしたくない。わたしは、海という生のなぎさべで一生を砂遊びをして暮らす――。

あっけらかんと妊りにけり愚かしきこの肉叢(ししむら)は陽にさらしおく

しかしながら、そういう意志にも関わらず、海に属するものである肉体は勝手に営みを続け、妊娠してしまった。この愚かな肉体。愚かさのくまぐままでを陽にさらそう――。

生の本能が傷ついているとか、病とか、若い時期特有の感じ方とか、そういうふうなところに帰結させない意志が、ここにはある。社会的な余計者の代名詞たる青年貴族オブローモフに与するものとして、転倒した価値観をあえてひとり抱き、それによって自らの存在を肯定しようとしている。

青空のまばたきのたびに死ぬ蝶を荒れ野で拾いあつめる仕事

服部真理子

†

青空がまばたきをする。まずそれが興趣をかきたてる。光がふと揺らぐたびに蝶の翅が荒涼とした、草のまばらにへばりついている地のおもてにふわりと落ちる。粗布をまとった少女がそれを拾いあげる。どこまでも広いしずかな空間。

蝶を拾いあつめるのが「仕事」なのかどうか。あえて「仕事」と言ったところにファンタジーが生れる。〈うた〉が聞こえる。透きとおった細い、銀線のようなしらべだ。この繊細な震えが、服部真理子の本質だろう。

〈水を飲むとき水に向かって開かれるキリンの脚のしずけき角度〉――この脚の角度を見てしまうまなざし。〈ネフェルティティ王妃胸像に片眼なく月狩られたるのちの新月〉――このような思惟。〈死者の口座に今宵きらめきつつ落ちる半年分の預金利息よ〉

――こんな現代性。それらが合わさって銀線のようなうたを紡ぎ出す。

父を殺し声を殺してわたくしは一生（ひとよ）言葉の穂として戦ぐ

自分の歌はこうありたいという思いを述べた歌だが、「声」というよりもさらにかすかな「言葉の穂の戦ぎ」としての〈うた〉。それを服部真理子はもとめる。

＊引用歌はすべて歌集『遠くの敵や硝子を』（書肆侃侃房、二〇一八年十月）に収められた。

死／いのち

十二月二日のあかつきに

睡(ね)たらひて夜は明けにけりうつそみに聴きをさめなる雀鳴き初む

江口きち

一九三八（昭和十三）年、群馬県利根郡川場村にも出征兵士の死が伝えられ、騒然とした空気がただよっていた。その十二月二日未明、武尊(たける)嶺の麓にある貧しい茶店の、夜が明けてまもない薄青い一間で、二十五歳になったばかりの江口きちはこんな歌をしたためた。

大いなるこの寂けさや天地（あめつち）の時刻あやまたず夜は明けにけり

歌を便箋に記し終えて、かねてから用意してあった青酸カリを飲む。ほとんど一年をかけて死支度を整えた果てのことだ。傍らには「異常な決意」のもと道連れにした、知的障害をもつ兄がしずかに横たわっていた。この兄を残してゆけば、東京で美容師見習い奉公をしている妹の負担になる。

高等尋常小学校卒。十七歳になるかならない歳で母親を亡くし、ぐうたらな老父と障害をもつ兄、そして幼い妹のいる一家を支えて懸命に働いた。歌は、河井酔茗創刊「女性時代」に投稿しながら、自ら学んだ。野の花とうるわしい武尊嶺、そして歌だけが、きちの心を解き放ってくれた。

たった一つ恋もしたが、かねてより死を心に抱くものにふさわしく、実らぬ恋であった。

＊至芸出版翻刻叢書『江口きち歌集』（『武尊の麓』より）、至芸出版社、一九九一・四

†

死ぬことを思ひ立ちしより三とせ経ぬ丸い顔してよく笑ひしよ

石牟礼道子『海と空のあいだに』

一九四四（昭和十九）年、石牟礼道子は小学校に勤務していた。十代の教師である。同じような若い女教師たちと笑いさざめきながら通勤する。そのよく笑う丸い顔のしたには、死へ向かう苦悩が刻み込まれていた。

この秋にいよよ死ぬべしと思ふとき十九の命いとしくてならぬ

呑みがたきもの飲み下したり反抗のごとく唾液のぼりくる

おどおどと物いはぬ人達が目を離さぬ自殺未遂のわたしを囲んで

死なざりし悔が黄色き嘔吐となり寒々と冬の山に醒めたり

歌集巻末の「あらあら覚え」によると、戦時中の重苦しい雰囲気のなかで、大人のように考えて生きなければならないということがじつに苦しみだったという。ようやく子どもの時期を脱したばかり、年頃というものにさしかかっている娘でしかないのに、一足飛びにりっぱな大人としての責任を果たさなければならない。どのような角度から見ても、自分には先生である資格がない。

苦悶はおそらく、そもそもいったい自分には生きる資格があるのか、生きるに値する資格なんぞこれっぽちもないのではないかという思いへ、若い石牟礼道子を導いていったのに違いない。「昨日のようにありありと当時の苦悶がよみがえる。それは結婚後も続き、歌人たちとまじわりができてもかかわりなく、水俣のことにつながった」(「あらあら覚え」)。このような少女の頃からの生についての煩悶が、『苦海浄土』のゆき女の語りを紡ぎ出していったのだった。

それにしても、これらの歌の、自らを見つめる目のなんという冷静さ。自殺とは、論理に導かれた計画的な実行であることを思い知らされる。

†

しかたなく洗面器に水をはりている今日もむごたらしき青天なれば

花山多佳子『樹の下の椅子』

まっ青に晴れあがった空を見ると、誰でもふらふら出歩きたくなったり、身のうちに生命の躍動を感じるものである。ところが、この作者は、そのような青空をむごたらしいという。むごたらしい青天の朝、生きているしか仕方がないので、ようやく顔を洗うための洗面器に水を張った。

暗がりに青く芽ぶきしたまねぎをこの夜憎みて長く煮るなり

暗がりのなかにあってさえも青々と芽吹いてくる玉葱、憎むのはその生命力のゆえである。玉葱の生命力を罰するかのように、滅ぼすかのように、長く煮ないではいられない。

なぜ、それほどまでに生命の躍動を拒まねばならないのか。

閉ざされし厚き扉の向こうには熱く大きなけものが歩む

さまざまにはばたける音充つるらしこの伸びやかな角を曲がれば

午睡より醒めず苦しむ白じらとめぐりかがやく湖水となりて

生命力に満ちたものは、閉ざされた厚い扉の向こうだ。この角を曲がりさえすれば、さまざまな生命の羽ばたきがあるらしいのに、何か自分は午睡より醒めないままであるような、仮死の状態、生きていて生きていない状態に落とされている——。

花山多佳子もまた全共闘世代の一人だった。右のような歌は、そんな青春時代を背景にして生まれている。

†

水桶にすべり落ちたる寒の烏賊いのちなきものはただに下降す

稲葉京子『槐の傘』

冬の冷たい水で烏賊を洗い、俎板のうえに乗せる。ふとした拍子に、つるりと烏賊は水桶のなかに滑り落ちた。滑り落ちる烏賊の重さは、いのちを失ったものの重さである。

このようになべていのちなきものは、下へ下へと降（くだ）るのだ——。
烏賊のあのずるりとした重い触感がありありとよみがえり、「いのちなきものはただに下降す」という直観が胸を突く。あたりまえのことであるのに、日常には気にもとめず、気がつかない。

　これよりは在るをあたはず土にくだれと聞きたるやうに落葉し初めぬ

これ以上もうおまえはこの世に存在することはできない、土にくだれよ、あたかも神の命令を聞いたかのように、木々はいっせいに落葉しはじめる。だが、そう命令がくだるのは、落葉だけではないのである。鳥落ち、けだものは倒れ、人も土に伏す。とすると、いのちこそは、限りなく下へ下へとひき降ろす重力の精に抗いをさせるものなのだろう。

　花とならむ花とならむと渾身にかかげしものをいのちもて見つ

いのちの盛りを生きようとするものは、渾身の力をふるって自らを高く掲げる。重力の精に抗うその力を、いのちあるものはともに讃える。

†

息のなきものの確かさ灯のもとに母のめぐりのみな顫へゐる

春日真木子『空の花花』

今まで息のかよっていたものが、死体となってしまったときの、固い、不動の感じ……。あの違和感には、背筋を凍らせるようなものがある。そのとき、まったく異なる領域に属するものとなったことを、わたしたちはいやおうなく認知せざるを得ない。

病床で苦しんでいた母親は、ついに息を引き取ってしまった。息のかよわなくなった顔が、物体の確かさを帯びてそこにある。生なきものの静けさにくらべると、めぐりのあらゆるものが――障子や、電灯や、枕もとの吸い飲みや、空気そのものでさえ――みな細かく顫動していることに気づく。生の領域に属しているからだ。母だけがしずまりかえり、死の領域に入ってしまった。

　火は母に移りしならむ部屋隅の白陶の壺あかるみてをり

部屋の隅の白陶の壺がほうっと潤うように明るむのを見て、ああ火が母に移ったなと思う。肉体から自由になったたましいが、いまそこに戻ってきて宿った。

　菊膾食(た)うぶる白木の箸を染めまたやはらかく母の来てゐる

　縋りつつ起ちゐし母か杉柱手ずれのあとに薄き黴ふく

透きゆきて夕べあかるむ葦群にたちのぼりくる母のこゑあり

追憶は、厳しく拒まれている死の領域へとかけわたす虹である。

†

痴愚（おろか）にてあはれなりけり涙垂り洟垂りてむくろ抱き歩める

佐々木靖子『地上』

「むくろ」は、兎であるという。知能の働きというものがなく言葉もなく、ただひたすらに情を寄せてなついていた愚かなもののむくろをふところに抱いて、涙を垂らし鼻水を垂らし、往来を歩いていく。

ペットの死に、これほどまであたりはばからぬ悲しみの発露をなしえたものが、いままであっただろうか。その発露の至純な光は、ふところに抱いている兎のむくろを、痴愚神のようなものに変えてしまう。大いなる母なる神が、痴愚神のむくろをふところに抱いて、泣きいさちながら歩いているようにさえ思われるのである。

饂飩屋の香の漂へるところ過ぎひそかにむくろ持ち重りつつ

饂飩屋の前を通り過ぎるとき、だし醤油のほのぬくい香りが漂う。それを嗅ぐとき、抱いているむくろが、ふところで異物感を増して持ち重りする。生命あるものの肉体には、善も悪もない、自らを生かさんための食欲というものがひそむ。

寺庭の海棠の花あかあかに顔ふくらみて恵子哭きをり

娘の恵子も、兎の死に慟哭している。その泣きふくれた顔の赤らみが、むくろを葬りに来た寺庭の海棠の花の紅と照り合って、生をまざまざと感じさせる。涙を垂れ鼻水を垂れ、泣きふくれ、饂飩屋の匂いをかぎ、そういうどろどろの肉体を持っているおのれに、佐々木靖子はひっそりと眼をみひらく。

†

うすらなる空気の中に実りゐる葡萄の重さはかりがたしも

葛原妙子『葡萄木立』

「葡萄の重さ」は、生きて存(あ)るものの重さ。それを、葛原妙子は「うすらなる空気の中に」浮かべる。生あるものを一層活発にする濃い空気の中ではなく――。

口中に一粒の葡萄を潰したりすなはちわが目ふと暗きかも

葡萄の大きな一粒は、眼球に似ている。口中に潰したとき、ふとわが眼球を潰したような錯覚を起こしたのかもしれない。あるいはまた、葡萄の一粒は、一つの生命でもあるだろう。どのような生物の卵も、球形をしているではないか。球（たま）は、魂（たま）である。

戦後の短歌界に中城ふみ子を見出した名編集者中井英夫は、葛原妙子を「球体の幻視者」と名づけたが、葛原には、生命の発芽点ともいうべき、そういったものへの強い執着と恐怖があった。

それが意識されるとき、自身の生命意識は極度に希薄になっている。あたかも死の世界に属するもののようにおのれは感じられ、生命は葡萄の粒の連なった重い房のように不可解なはかりがたいものとして現れる。

晩夏光おとろへし夕　酢は立てり一本の壜の中にて

生命の力衰えてゆく晩夏の夕べの光が酢の甕にあたっている。甕は、いわば身の殼。
まだ生きているから、甕の中で酢は立っているが、やがて甕は砕け落ちるだろう。

自然／風土

太陽を仰ぐたんぽぽ茎のびてやがて光に吸はれてしまふ

原田汀子『千の無韻』

この歌の中で、〈わたし〉はたとえば蟻である。日差しにぬくもった土の上をせわしなげに歩いてきた蟻が、たんぽぽの葉のあたりでふと空を仰いだ。そこにはたんぽぽの茎があり、ぐうっと伸びている茎を目でたどっていくと、やがて太陽の光に吸われてしまう。茎のいただきにある花のあたりは、光が散らばって形もさだかには見えない。

あるいはまた、この歌の中の〈わたし〉は、太陽のそそぐ光に向かって茎が伸びようとしているたんぽぽだ。そのいただきの花のあたりではまぶしくて、たんぽぽの意識は光に吸われてしまう。

いずれにしても、人間である〈わたし〉がたんぽぽを見ているというのではない。たんぽぽが〈わたし〉である。


　　葱の列あをあをと立ち夕ぐれの大地の耳にひびく音する

ここでは、〈わたし〉は大地であり、耳である。夕暮れ方の空気のなかで、葱の列の青々と立ち並んでいるあたりの地面が、地中から吸いあげる養分を含んだ水の音でどっどっどっと響く。

人間である〈わたし〉が、葱の列を見ながら、大地の耳にひびく音がするようだというのではない。聴覚と化した大地がすなわち〈わたし〉なのだ。

近代以降、ことにわたしたちは、〝万物の霊長たる人間〟として、人間の都合で自然を見がちになっている。森林はどんどん伐採するし、海は汚す。〝万物の霊長たる人間〟という高みから見下ろさないこの歌のような視線は、わたしはどちらかといえば女性のなかに、なお豊かに保たれているようにも思う。

†

細い線太い線なる樫の木の根っこちかくがもりあがる見ゆ

沖ななも『木鼠浄土』

年老いた大きな樹木は、人のこころを惹きつける。縄文杉のように、木を見るだけのために人はわざわざ何時間も歩くということをする。

この樫の木も、語りかけてくるような大きな古い木であるに違いない。樫の木のもとで、目は味わうように幹をのぼり、枝を這い、こずえを仰ぐ。

その目の味わいを、沖ななもは「細い線太い線なる樫の木」というのである。クロッキーのような絵が思い浮かぶ。幹や太い枝はぐっぐっと線を太く、こずえのあたりはさささと細く。目が下りてきて根っこ近くを見ると、根は力強く盛り上がっている。

木は一所懸命でもない。怠惰でもない。目的もない。生きる、ということしかない。むろん人に害を加えようという気もないかわりに、慰めたり癒やしたり感嘆させたりしようという気もない。

（歌集巻末エッセイ「木をめぐって」）

傷ついたこころが慰められると言ったり、神が宿っていると感嘆したり、そういう情緒や感想はみな人間のこころが引き起こしているものだ。木は、ただそこに存在するだけ。木が、木そのものであること、そこに沖なものは関心を持つ。

上向きの枝にまじって下向きの枝がおもいのほかにいきおう　『ふたりごころ』

そこに在る。未来永劫そこにある。何を信じて樫はあるのか　同

葱（ねぎ）の皮（かは）はぎてゐる間（ま）もくれせまり北の小窓（こまど）に吹雪（ふぶき）ゆゆしき

生方たつゑ『山花集』

†

生方たつゑは、一九〇四（明治三十七）年、伊勢国宇治山田に生まれ、上州沼田の旧家に嫁した。伊勢は、海に近く気候の穏やかな、昔からひらけた土地である。上州沼田は内陸部、山に囲まれた雪深い盆地で利根川の上流沿いにあり、もう少しのぼると水上温泉や谷川岳があるところだ。その自然風土はまったく異なる。

キッチンや台所ではなく、土間に竈（かまど）や水甕があった厨をわたしはまだ覚えているが、厨というものはどういうわけか北側にあった。北に小窓がひらいている。薄暗い湿っぽい厨で葱の皮を剝いでいる。そのみじかい間にもたちまち日が暮れ果てて、小窓を吹雪がうつ。

伊勢と上州ではいくらか時差があり、日の暮れが早い。しかも盆地である。「ゆゆしき」は、恐れつつしむとか不吉であるとかいうような意味。神経にこたえるような感じが伝わってくる。

厨辺(くりやべ)の大き水かめ厚氷(あつごほり)柄杓(ひしやく)もて割る水くむ穴(あな)を

かじかみし手には余(あま)れる大根の凍(こほ)れる皮を吾むきてをり

とり入るる干物(ほしもの)の裾凍(すそい)つきつつ夕ぐれはやく月のぼりたり

歌を読むだに、手がかじかんできそうで、背筋のあたりがぶるぶるっとして、襟首をすくめたくなる。たんなる自然観照の歌からは、このような寒さは伝わってこないだろう。そこに根づいた生活のなかにこそ、自然は本当の相貌をあらわすのだ。

†

水を汲む音ほがらかにひびき来て御殿の朝はあけわたるなり

井伊文子『中城さうし』

一九二三（明治十二）年、日本政府はほとんど力ずくの強制によって、琉球王国最後の尚泰王を東京に移住させた。琉球処分である。

井伊文子は、その尚泰王の孫娘。東京で生まれ育った文子ではあるけれども、おりおり沖縄に帰ったらしい。この『中城さうし』は、おそらく文子十八、九歳の作。ふるさとにいよいよ帰る日の喜びから始まって、沖縄滞在の日々を描き、秋立つころ去る悲しみをうたって終わる。ういういしく伸びやかにいつくしみを持って、沖縄の人々の生活や、自然や、風俗をうたった。

「御殿」は首里城であろう。太平洋戦争のとき空襲を受けて焼けたが、現在修復されつつある。石垣を積みめぐらした首里城の朝、水汲み場に集まったおとめたちの笑いさざめきと水甕に水を汲む音の響きがのぼってくる。「ほがらかにひびき」「あけわたるなり」という語に、いかにも夏の朝のすがすがしい空気が満ち渡る。まさに南の国の朝だ。

ものうげに黒き豚なくいへの垣根仏桑の花はあかあかと咲き

沖縄の言葉はすでに話せなかったらしいが、歌は琉歌の八・八・八・六という偶数律に近い字余りのあるのがおもしろい。豚の黒と仏桑花の赤も、紅型の色彩を連想させる。家ごとに豚を飼育している風俗や仏桑花という亜熱帯の植物とともに、東京には生まれても、感性は沖縄の自然風土に深く根づいているのであった。

＊首里城は二〇一九年一月、約三十年にわたる復元工事が完了したが、十月三十一日未明の火災によって正殿・北殿・南殿が消失した。

性／ジェンダー

力など望まで弱く美しく生れしまゝの男にてあれ

岡本かの子『かろきねたみ』

権力や金力や筋力など望まないで、弱く美しく生まれたままの男であってほしい、という。権力金力のある男に女が群がるというのが世間一般のありようだろう。賢くなろうと思うな、美しく弱く生まれたままの女であってほしい、などと望む男性は現代でも案外多そうな気がするから、裏返して切り返した発想に、胸のすくような痛快を覚える。

唇を打ちふるはして黙（もだ）したるかはゆき人をかき抱かまし

美しくたのまれがたくゆれやすき君をみつめてあるおもしろさ

唇をふるわせて言葉を呑み込み涙ぐんでいる人をかわいいと思い、かき抱いてやりたいという感じ方。美しくて揺れやすくて誰のものにでもなってしまいそうな君を、おもしろいと観察する感じ方。これらも、男が女に対するときの感じ方のパターンだろう。それが見事にひっくり返されて、女の発言になっている驚きと快さ。女が、〈見る側〉として余裕をもって優位に立っている。

『かろきねたみ』は、一九一二（大正元）年、青鞜社から出版された。〈新しい女〉という新語が、誕生した時期のことである。女性と男性の視点の反転というような発想は、このような時代風潮の中から生れたものであるのかもしれない。

しかし、何と言ってもかなわないのは、本気で男をそういうふうに見ているという自然さが歌に成就していること。しんから本気であるところが、かえって媚態をさえ感じさせる。

「貧困の底にても歌詠むは可能なりや」問ひすてて主婦らしき人が降りゆく

遠山光栄『褐色の実』

†

『褐色の実』は、一九四七（昭和二十二）年から五五年にかけて作った歌だというから、まだ日本全体が貧困だった時期である。しかし、憲法改正によって参政権を得、四年制大学に進学ができるようになり、押さえつけられていた向上欲を発現できるようになった女性にとっては、燃え上がるような意欲に満ちた時代でもあった。

語気はずみ車内に論じあひゐたりめぐり無視して吾らありしか

遠山光栄もそのような一人として、学んできたばかりの仲間たちと興奮冷めやらぬまま、車内で歌の議論でもしていたのだろう。

横に坐っていた主婦らしい人が、つと立ち上がった。あなたたちは歌なんかやっていられていいわねと、鋭く捨て台詞を吐いて、電車を降りていった。後ろ姿はいかにも貧しく、生活に疲れているさまがありありと見える。

それは確かに嫉妬をふくんだ言葉であった。学びたいというつきあげる思いをおさえつけて、自分は明日食べる米を思い煩っていなければならないという怒りと恨み。女から、女へ向けられた視線である。新しい時代が来ても、向上していく喜びをもてるのは、女の中の恵まれた部分だけなのだということが、その鋭い視線によって照らし出される。

自負心をもちて学べることにもまた救はれがたく夜道をいそぐ

†

かぎろひの夕刊紙には雄性(をす)の兇(まが)々としてサダム・フセイン

黒木三千代『クウェート』

一九九〇年の湾岸戦争勃発前、不穏な緊張した空気の漂っていたころの歌である。髭の立派なサダム・フセインの顔写真とともに、野心に満ちた悪魔のような独裁者というイメージをもって新聞報道されていたことを思い出す。今から見れば、アメリカ経由の統制された情報に偏り過ぎていたのではないかという疑いがある。サダム・フセインには「雄性(をす)の兇(まが)々とし」たイメージを塗りつけ、アメリカ側には正義の英雄イメージを流し続けた。この歌のサダム・フセインも、そういったイメージを若干反映させているかもしれない。

しかし、歌の真の動機は、戦争したがる男というものに対するいまわしさにこそあるだろう。雄の本能を剝き出しにしている兇々しさ。黒木三千代にとっては、アメリカ大統領であっても誰であっても、戦争したがる雄の本能そのものがいまわしい。にもかかわらず、そうした情報操作に、この歌が結果としてはまってしまったようにも読めるところに、むつかしさがある。

男でも女でもなく人間と言へといふとも桶と樽はちがふ

ブラック・イズ・ビューティフルという言葉に呼応するかのように、女性たちが自らを「おんな」と呼ぶことを引き受けたのが、八〇年代半ばまでの状況だとするなら、もう男とか女とかいう時代じゃない、どちらも人間でしょ、という言い方が新しく聞こえ始めたのが、八〇年代後半の状況であった。作者はそれに対して、簡単に「人間」などと抽象化しないでほしい、「桶」と「樽」は違うと抗議する。

しかし、おそらく作者の意図とは逆に、この比喩はジェンダー肯定とも受け取れなくもない。男と女は根本的に違うのだから、女は女の分を守っていればよいというふうな……。「人間」と簡単に抽象化されてしまうところに欺瞞を感じることが、かえって男女のジェンダー肯定の文脈にもつながってしまう。ここにも入り組んだ困難がある。

†

打たるるたびにかぶり振りをる女子(をみなご)に似て風の中カンナ佇ちをり

辰巳泰子『紅い花』

風に吹かれるカンナの赤い花を見て、打たれるたびに顔を振る女の子を連想する、という。そこには作者の生活経験から来るものが感じられて、胸が痛くなる。

明るいところへ出れば傷ばかり安売りのグラスと父といふ男と

殴りつかれぐつすり眠りこむひとを火照つた肉のごとく見下ろす

体臭と酒のするどく残りゐる父の布団を昼ごろ畳む

酒を飲んで怒り狂う父親に殴られるのは、子どもであり、母親である。酒乱の父親の暴力はよく聞く話だ。テレビアニメ「巨人の星」の父親星一徹のちゃぶ台返しや、映画「自虐の詩」のちゃぶ台返しなど、父親の暴力はまた家長の権威の一種の表現でもある。そんな権威とうらはらの滑稽な悲しみを男性は知って、ときに郷愁を覚え、ときにギャグにもするのだろう。

娘は、そういう父親を安売りのグラスにたとえ、「火照つた肉」として見下ろし、批判の視線を送る。一方、共依存的ともいえる愛着も、そこには貼りついている。

こうした家族関係の中で、男と女の関係の持ち方を、子どもたちは自らの心の鋳型としてゆくのである。

老

視界のうち不透明なる部分かぎりなくわれにものをば思はする

長沢美津『青海波』

身体が老いてゆけば、どうしてもかかる病というものがある。「視界のうち不透明なる部分」も、おそらくは白内障か、それとも他の眼病か。視界の曇りはわずらわしくいとわしい。若い頃のように外界に感覚が敏感に反応することはもうない。しかし、そのことこそがおのれを内面にみちびいて「かぎりなくわれにものをば思はする」。感覚の不自由は恩寵である。

老いるということは、難しい。とりわけ、急速に科学が発達した近代以降、年老いたものが内部に蓄積した経験や知恵は、ことごとくといっていいほど「古びた」「古くさい」ものになってしまった。新しくて若いものだけに価値があつまり、誰もが年をとりたがらない。高齢になればなるほど無価値なものとなり果ててしまう恐れのなかで、わたしたちはどう年をとっていったらいいのか。

手をのばし足をのばしてくつろぎぬあるがままなることのよろこび

今日は暮れ明日くるよろこびこのままに明日なきこともまたありがたし

正札をはがさず身につけてゐしうかつさを注意されたり　そうでしたか

長沢美津は一九〇五（明治三十八）年生れ、『青海波』はおおよそ八十歳代につくられたもの。長沢美津の歌を読んでいると、八十歳になるのが楽しみになってくる。八十歳、いや九十歳までも生きて、その年齢の歌をわたしもつくってみたいと思わせる。

†

「谷神（こくしん）・玄牝（げんぴん）」涙流れてとどまらず彼の山脈に日の刻む翳

若山喜志子『眺望』

谷神は、水の集まってくる谷の神。玄牝は、神秘な女性、あるいは母性、物を生み出す力。『老子』第六章の「谷神は死せず、是（こ）れを玄牝と謂（い）う。玄牝の門、是れを天地の根（こん）と謂う」に由来する。

山脈に夕日が当たって、山襞がくっきりと見える。ふと、『老子』の谷神・玄牝という言葉が思い浮かんできた。決して死ぬことなく、いくら汲み出しても尽きることのない大いなる女なる性。涙が流れてとどまらないのは、天地生命の根源に感じたからというばかりではない。喜志子が女性であり、女性であることの苦痛や苦悩をその長い生の上に経てきたからでもあるのだ。

襁褓を替へてやりながら心痛し紛れなきこの女体の具備り

沼津の牧水記念館を訪れたことがある。四十一歳で牧水と死に別れた喜志子の写真が、年齢を経るにしたがって美しくなっていくのに感嘆した。のちに娘が、お母さんは早く未亡人になったことが幸福だった、というような意味のことを言ったという。

はづかしき夢よりさめて胸の上に重ねたる手のしびれをさする

君よ君は自己を殺して生きむと云ふか我は活かし活かし生きて生き果てなむよ

わがまりし山吹色の誇らしさ飲食はいよいよ慎まむかな

歌にいっさいの虚飾を捨て、媚態を捨て、「生き恥をさらす」を口癖にして、年取れば取るほど歌の稚拙と不器用を恐れない。こんな豪気で、すてきなおばあさんは、今後もめったに現れまい。

†

保守同士分裂とたはやすく報道す分裂は進展進展は分裂

四賀光子『青き谷』

昨今の新聞でも、「分裂の危機」などという見出しはしばしば見られる。危機でもスキャンダルでも何でもない、分裂することは進展することであるし、進展するには分裂しなければならないと、四賀光子はいう。生命のあり方を考えてみればいい。受精した卵は細胞分裂をくりかえして胎児へと育ってゆくのだし、一つの家族も子どもたちが成長したあかつきには分裂してそれぞれに新しい世代をつくっていく。分裂を恐れるのは、いつでもその組織集団のトップグループにある者たちである。四賀光子はそこに鋭い女の視点の楔を打ち込む。

死ぬるまで伸びんと人の前にいひおのが言葉に責を負はしむ

自分は死ぬまで成長し続けたいと思っていると、あるとき人前で言った。それは漠たる希望や願望などではなく、信念だからこそ人前で言うのである。その言葉に違うことなく、自分は日々努力を続ける、という。

四賀光子は、一八八五（明治十八）年生まれ。太田水穂と結婚。三歳年下の若山喜志子とは同郷であった。老いてなお親しく交わった喜志子の歌がある。二人の老女の会話は想像するだに楽しい。

ライバルと云ふにはあらね四賀夫人愈々益々しなしなとして　　喜志子

†

風の中にわが身縒ればもがり笛手足よりして鳴り出でにける

斎藤史『渉りかゆかむ』

息もできないほどの風の中を歩んでいる。あまりの激しさに頭に被る布を巻き直して、身を縒るように屈めると、笛のような風音が手足から鳴り出た――。

「もがり笛」は、冬の激しい風が柵や竹垣に吹きあたって発する笛のような音のこと。「わが身」は老いさらばえ、手足は骨立ち筋ばった卒塔婆小町のようだ。激しい風が吹きつけ、手足にもがり笛が鳴るとき、身体は音を曳きつつ消え去ってしまう。風なかに舞うように手足の先から音と化して消え去っていく幻が見える。

この頃、斎藤史は七十歳を過ぎていただろうか。夫を看取り、その死を送り、さらに両眼失明した母を看取っていたはずである。

母死す。両眼失明後十余年老耄の果の九十一歳。

のちの世にめぐり逢ふとも思へねば母の落ちたる瞼を撫づる

〈わたくしにふりかかってきたいろいろのできごと。それぞれに当座はたいへんだと思った。でも、ちょっと角度を変えて眺めるとみんなおもしろい。……そういうことなのよ。……やれやれ、だ〉。生きている間には、たいへんなことが何度も襲いかかってくる。でも、おしつぶされてしまうことはない、「ちょっと角度を変えて」、そのたいへんなことをじっくり眺めてごらん――。

老の知恵である。

†

介護付老人ホームに住まひする見知らぬ女になりおほさばや

北沢郁子『満月』

北沢郁子という歌人の名をふかく記銘したのは、『回想の大西民子』を読んだときだった。大西民子・馬場あき子・三国玲子・河野愛子・安永蕗子・山中智恵子、こういう戦後に登場した一群の女性歌人たちのひとりである。歌集『満月』を、九十五歳となる二〇一八年、自ら編み、刊行し終えて、九月八日に逝去した。

歌は、めぐりに人を寄せつけないような、誇り高さからくる孤独がしみとおるようで、物書く女の矜持が背後にながれる。女流日記文学の正統をつぐのは大西民子や北沢郁子ではないかとさえ思われる。『満月』には猫を死なせたペットロスの歌もあったし、名は現れないが三国玲子の身投げをうたった歌もあった。

人の身を侵しくる老いは醜くとも一筋に書きしものは美し

不遇がいっそう物書く女としての誇りを高く自覚させるのでもあろう。だが最晩年の掲出歌は、人間の最後は誰も同じ、といった達観をともなって軽く笑みをふくみつつ「見知らぬ女になりおほさばや」とうたう。「なりおほさばや」という音に戯れごころが感じられて、どこかたのしげなのだ。

Ⅱ　歌人と歌集

此身一つもわがものならぬ――白蓮と武子

柳原白蓮（燁子）は、伯爵柳原前光と新橋芸妓おりょうとの間に生まれた。十歳のとき父の死により、北小路家に入って十六歳で結婚、長男を出産するが四年後離婚した。ここに引用する清水谷房子宛書簡は、その頃、若い燁子が思いをるると綴った貴重な告白である。清水谷房子は、旧宇和島藩松根家の出で、俳人松根東洋城の妹、伊予の清水谷巌に嫁ぎ、萩に転出した。房子の母の姉が柳原家に嫁いでおり、燁子の従姉妹にあたる。

書簡には封筒がなく年月日不明だが、「謹賀新年」という書き出しと文中の「私はもう今年二十四」とあるところから、おそらく一九〇八（明治四十一）年年頭に書かれたものと推測される。

私は他の皆様方のやうにいゝ着物が着たいの栄華がして見たいのとそんな事願つた事は一度も御座いません　云はゞ女らしくないのかもしれませんがたゞ私の未来にぜひ夫と云ふものが有のならば少くも自分が尊敬するに足るべき人をと其れ斗りは誰しも願ふ事ですもの　私は以前自分が嫌だと思ふ人にぜひ義理に押しつけられた其頃を思ふと今に世の中が恨めしくなりますの

燁子は、一九〇五（明治三十八）年北小路資武と離婚して以来、柳原家の養母初子の隠居所に幽閉の身となっていた。離婚は燁子の望んだもので、「恥しい出もどりの身」も少しもつらくはないと、告白する。前年末、この清水谷房子の夫の紹介で燁子は「菊地さん」と見合いをした。気乗りがしていた様子で、自分にも新しい日々が開けるかも知れない、そういった淡い期待がこの長い手紙の文面にひそかにこめられている。しかし、いくらこちらが気に入っても、女の方から意思表示することはできない。

女と云ふものはつまらないものですね　どうせ売物だから買ふ方に不足が有れば知らず売る方には不足を云ふものでない　男が女を蹴る事は有つても女が男をける事は我まゝで有ると云はれると人の好意には背き度なしほんとうになぜ女は弱い者と定つてるのでせう

華族に生まれたがゆえに、女に生まれたがゆえに、自分の人生を自分で思うように選ぶことのできないはがゆさと憂いとを、燁子は吐露する。

「菊地さん」との縁談は、はかなく消えたようである。この年、姉の取りなしで東洋英和女学校に入学した。三年後、卒業の年の四月に、炭坑王と言われる伊藤伝右衛門のもとに嫁がされた。佐佐木信綱のもとで短歌を学んで歌集『踏絵』を出版、「筑紫の女王」とも呼ばれた。宮崎竜介との恋愛・出奔は、そののちのことである。

何ものももたらぬものを女とや此身一つもわがものならぬ　一九一五年刊『踏絵』

九条武子は、京都西本願寺二十一代法主大谷光尊の次女として、側室藤子との間に生まれた。白蓮とは遠縁でおりおり噂も聞いていたというが、歌集『踏絵』の出版は、ロンドンに留学した夫が戻らないまま、孤独な日々を送っていた九条武子のこころにつよく響いた。

子どもの頃から旧派和歌を学んでいた武子は、一九一六（大正五）年秋、改めて新派和歌（短歌）を学ぶために、当時の司法大臣尾崎行雄（咢堂）の仲介をもって佐佐木信綱の竹柏会に入門した。

ここに引用する信綱宛書簡は、それから四年後、歌集『金鈴』上梓の日のよろこびと感謝とを綴ったもの。見本刷りの小包が届き、開いて装幀を確かめ、自筆の題字を見るまでのこころ躍る思いの記述には、今なお歌集を初めて出した人の気持ちに通じる初々しさがある。

せまき世をなほ縛められて住む身には何を見よとてゆるされませう、偽りの世を偽られて住むとしもあわれ覚へず知らぬ私が心のやり場身の捨て場からおぼつかない煙のように立ち上つてかつ消へてゆきます幻の恨、現のあきらめが歌の広野に救はれて自由の恵、と久遠の情それがこんな真実の命を与へてくれたのがこの一巻だと思ひますとほんとにうれしいなつかしいものが出来たので御座います（仮名遣いはママ）

題詠中心の旧派和歌では、「自分のすべてを鏡の反影よりも正直にうつしだ」すような歌はうたえなかった。「心のやり場身の捨て場からおぼつかない煙のように立ち上つてかつ消へてゆきます幻の恨、現のあきらめ」が、「歌の広野」に救われて「真実の命」を与えられる――そういう救いを、武子は短歌を作ることではじめて得ることができたのである。

緋の房の襖はかたく閉されて今日もさびしく物おもへとや　一九二〇年刊『金鈴』

わが胸にかへらぬ人かあまりにもはかなし声もまぼろしもなき　同

ままならぬ宿命の憂いと身に潜めた情熱を、歌に籠めることしかできなかった女が、ここにもいた。

＊書簡は、近代文学館所蔵。日本近代文学館資料叢書〔第Ⅱ期〕文学者の手紙5『近代の女性文学者たち　鎬を削る自己実現の苦闘』二〇〇七年九月刊

家の女――若山喜志子

歌なんて、読むものがいなければ、深山に水を湛える湖と同じである。だからこそ、それを発見してはじめて水を汲みあげる者はよろこびの声をあげ、人里へ水路を引くという仕事をする者もあらわれる。

これまで性別でいえば、社会に影響力をもつ男性がそれにあたることが多かった。中城ふみ子だって、五島美代子だって、葛原妙子も、いつの時代も、男性の強力な推輓あってこそ、女性の歌はようやく水路がついた。男性のつけた水路にしたがって、のちの女性たちもその湖へとさかのぼるのである。

それもありがたい。しかし、わが水は他ならぬ女の手によってこそと願いつつ、いまだ静まっている湖もあるだろう。性差によって社会的経験を異にする歴史が長く、いまなおその歴史のなかにあるので、性差があらゆる場面で問題とならざるを得ない。そんな問題に気づいてしまった女性の湛える湖は、他ならぬ女の汲みあげてくれる手をどんなに待ちこがれていることだろう。

ここにある若山喜志子の歌が、そのような湖のうちの一つである。

*

与謝野晶子の出現を女性の自由への情熱の時代とすれば、明治末期から大正初期にかけてのいわゆる「青鞜」の時代は、女性の現実に対する批評の時代であった。これを短歌でもっともよく担ったのが、山田邦子歌集『片々』、そして若山喜志子歌集『無花果』である。

舅姑の支配する因習的な〈家〉に嫁として取り込まれることを拒み、文学へのあこがれを抱いて出奔してきた娘が、同じく〈家〉の支配から逃れ出てきた青年と恋愛し、しがらみのない東京という都市で最小単位の家族を営みはじめる。ところが、女にとっては、そのことはすこしも〈家〉からの自由を意味しなかった。育児や家事という「女らしきつとめ」は、相も変わらず女を家に閉じ込めた。一方、〈家〉の重圧から逃れ出た〝新しい男〟たちは、自分たちの世界を作りあげようと、それぞれに羽ばたき、たのしげに飛び回っている。

にこやかに酒煮ることが女らしきつとめかわれにさびしき夕ぐれ　『無花果』

遊びほれ帰らぬ人を待つ心憤怒(いかり)は来りよろはんとする　同

こういう歌を、たんに酒飲みの牧水の妻の歌としか読まなかったり、家妻の「憤怒」に首をすくめるていの、パターン化した解釈で事足れりとしてはならない。

男子(をのこ)一人のなすべきことをなしつくしかく衰ふる君かねたまし　同

何が来てそゝのかしけん家を棄てひとりなげゝとおもふたくらみ　　同

ともに自由な新しい生活に向かって羽ばたいたはずなのに、二人で営みはじめた家の仕事も育児もすべて女におしつけられる。「男子一人のなすべき」仕事へ当然のごとく邁進する姿を見ると、ときに過労のあまり衰弱しているのさえ、女の自分にはねたましい。裁縫で自活し得た喜志子であってみれば「家を棄て」、思うぞんぶん文学の道で「ひとりなげゝとおもふたくらみ」が、心をよぎらずにはいられない。

わが厨房(くりや)かくて女のならはしの煮炊(にたき)にくもる心の惜しさ　　同

おいしい料理をつくってともに食べれば幸福だし、洗濯すればさっぱりするし、子どもを育てるのはたいへんだがかわいい。家事育児という仕事そのものがつまらないのではない。「女のならはし」だとされ、「厨房」に閉じ込められ、無限労働に縛りつけられること、それが苦しみをもたらすのだ。どんな仕事だって強制的な無限労働となれば、それはひとの心から活力と弾力とを奪ってゆく。

歌集『無花果』には、家に閉じ込められた女の無限労働を負わされる苦しみと、窒息寸前のたましいの喘ぎとが満ちみちている。ついに病に倒れ、長く床についた。今さらながら、妻の苦しみに気づくことがあったのだろう、牧水は喜志子を励まそうと、歌集『白梅集』を編んで出してやった。

歌集『筑摩野』は、昭和三年牧水と死別ののち、「創作」発行編集人を引き継いだ喜志子が一人前の歌人として立つ新たな決意をもって、その死別までの作品を、既刊『無花果』『白梅集』からの自選をも含め、まとめたものである。

形にそふ影とし念じうつそ身を我はや君にささげ来にしを　『筑摩野』

牧水の死に際してこのようにうたっているが、長病みをしてのちの喜志子は、夫の「形にそふ影」すなわち歌人としてではなく妻としての役目を引き受けたのだった。

あいかわらず牧水は大酒を飲む。家を出たが最後、百日すぎても戻ってこない。さびしくはあるが、しかし、関係が落ち着けば、夫の長い不在も「かにかくにわれはこの家(や)のあるじぞと礼(ゐや)なき人を見据ゑけるかも」（『筑摩野』）というように、かえって「われはこの家(や)のあるじ」といった気構えを妻に与えたし、「こもりてのみ物書く母を淋しむやひそひそとして遊ぶ幼な子」（『筑摩野』）とうたうように、この家の時間を自分で采配しうる有利もあった。

窓ごしにふと声かけてねぢ花のもじずり草を夫(つま)は賜ひぬ　『筑摩野』

親しさに言葉かけたく来てみれば夫はかしこみ物書きておはす　同

まれまれに帰った夫は「おい、もじずり草の花が咲いたぞ」と、物を読んでいる窓越しに声をかけて手渡してくる。ある日はふと、親しいおどけごころが湧いて、夫の部屋の襖を開けてみると、正座をしてものを書いている。その引き締まった空気のありように夫ながら尊敬の念を覚え、自分も励まされずにはいない。

いまや喜志子は、若い日の煩悶から脱して、歌人若山牧水を夫とする、貧しくとも満ち足りた〝詩人の妻〟であった。

しかし、この安定と充実は「形にそふ影」としてあることを自ら引き受けて得た結果である。「形」失せたるのちには「影」も消滅せざるを得ない依存関係だ。結社「創作」を背負って立ってみて初めて、その現実を同人たちからつきつけられた。歌人として独り立ちのための闘いをする喜志子であったが、それはいまや、亡き牧水を「影」とし、自らを「形」となし得るかどうか、という闘いにほかならなかった。喜志子はその闘いをよく果したといえよう。

そして、喜志子の歌は、最後までこの現実に生きる女たちへの関心を失わなかった。牧水に従って揮毫旅行をして帰ってのち、

家の中にこもりがちなる女子のあはれ深きをかずかず見たり　『筑摩野』

とうたった。また、

敗戦後いよいよ我の哀憐は深まりまさる家の女に　『芽ぶき柳』

ともうたった。自分としてはそれなりに安定した夫婦の関係を得たし、敗戦後、女性解放の時代がやってはきたが、「家の女」の現実は少しも変わっていないことを、喜志子は見逃さなかったのだった。

こういうたぐいの直接的な歌は、歌としての味わいに欠けるとして評価しない読者もいるかもしれない。しかし、わたしは、喜志子の後年になおこのような歌のあることを忘れたくないのである。

離縁宣告――今井邦子と斎藤茂吉

今井邦子

つくづくとたけのびし子等やうつし世におのれの事はあきらめてをり

一九二三（大正十二）年『紫草』

朝さむるすなはちそばに吾子はをり此世の常のさきはひを思ふ

同

をみな子のつひの心は夫（つま）に頼（よ）れりたたかれて吾は泣きつつ思へり

一九二九（昭和四）年『明日香路』

斎藤茂吉

わが帰りをかくも喜ぶわが子等にいのちかたぶけこよひ寝むとす
一九三四（昭和九）年『白桃』

二十年つれそひたりしわが妻を忘れむとして衢を行くも
同

悲しみてひとり来れる現身を春の潮のおとは消たむか
同

男女の差異のすべての根源は、遺伝子やホルモンなど生物学的な身体の相違にもとづくと信じるようになったのは、近代に入り、何ごとも客観的科学的に解釈説明しようとするようになってからのことである。

しかし、二〇世紀末、ジェンダーという概念もあらわれて、そのおおよそは歴史的社会的に構築された差異であると理解されるようになった。ことに歌のような知的な文化的行為は、生物学的な事実そのものよりも、それを人がどう意味づけているのか、社会がどう意味づけているのか、といったことの方がはるかに重要である。

女の歌の方が感情語が多いとか、特有の巫女的感覚があるとか、つい先頃まではよく聞いた話だ。これらはみな、文体上に性差を読みとろうという、意味づけ行為にほかならない。近代以後の短歌においては、文体上の男女差の議論は、ようするに見たいものを見ようとする堂々めぐりなのである。

それより、わたしたちが性差によって歌に何を見たがっているのか、反省的に見ることの方が面白いし、実りがある。また、見えない社会の縛りが歌の発想にどのように影響するのか、といったことも興味深い。

ここに、女の側の不貞を理由として離別寸前にまで行きながら、ついに法的な離婚だけはしなかった、同じような時代の今井邦子の歌と斎藤茂吉の歌とをあげてみよう。

*

今井邦子は、妊娠中リウマチにかかり、長く寝ついた。ちょうどその頃、夫は衆議院議員に初立候補し、落選した時期で、「妻の長い病臥生活に、若く働き盛りの夫が他に求めるのも、当時としては当然の事かもしれない」（川合千鶴子著『鑑賞今井邦子の秀歌』）ということもあった。葛藤のある生活のなかで、今井邦子はやがて年若い男性と恋愛をし、夫から離縁宣告をされた。当時は離縁されれば子どもを置いて出てゆかなければならない。世間から「出戻り」の烙印も押される。迷い苦しみ、京都の宗教団体一灯園に身を寄せて、他家の便所掃除など奉仕による修行生活をおくりつつ、邦子は、姉に宛てて手紙を書いた。

「姉さん、どちらへ行つても私は苦しいです」「子供が恋ひしくて恋ひしくて逢ひ度くてなりません、家というもの（ママ）もつくづく恋ひしくてなりません」「けれどあの人（筆者註・夫）を思ふとあまりなさけない私の一生で、私は帰るにも帰へ（ママ）れなくなるし又彼（筆者註・恋人）を思ふと私故にいろいろ苦しめて、今では私なしには生きてゐられぬ程のところまでもなつてゐる」。

やがて仲立ちがあって、「過去一切を懺悔」し、「今井さんからも一度縁を切つて頂き○○さんとも一度別れ、新生涯に入つた邦子として」「もし今井さんが許して下されば私は一灯園の人間として母に死なれた子どもの世話を献身的にしにゆくつもりで」戻って行った。

戻った理由は、子どもばかりではなかったかもしれない。このまま行くと歌人としても梯子から転落するかも知れないという怖れもあっただろう。「此世の常のさきはひ」を得るためには「うつし世におのれの事はあきらめ」るという選択をするほかはなかったのである。

もちろん家に戻って、見違えるような良妻賢母になったかといえば、そういうわけでもなかった。だが今や、叩かれようと蹴られようと「をみな子のつひの心は夫に頼れり」、夫に頼るしかない「をみな子」であると、苦く認めざるをえないのであった。

＊

斎藤茂吉の歌は、一九三三（昭和八）年十一月に発覚したかの有名な輝子夫人のダンス教師事件の後のものである。翌年一月二十三日から十日間ほど故郷上山に戻り、滞在する。柴生田稔著『続斎藤茂吉伝』によると、一月二十日の夕方、副院長の青木と西洋（筆者註・茂吉の義理の弟、斎藤家の実子）とが来て、茂吉の院長の名義を今のままに続けること、診察を一週間に一日とすることを勧めたと日記にあり、西洋の冷淡、狡猾への憤懣を洩らしている、という。二十三日の上山行きは、憤激のあまり離縁ということも考えた期間であったのだろう。

子どもたちも不穏な家内の様子を察して、あるいは父親が戻って来ないかもしれないと思ったのか。だからこそ「わが帰りをかくも喜ぶ」。しかし、養子である茂吉には、かんたんに離縁宣告はできなかった。許せなければ自分が離籍するしかないが、それではこれまで築いてきた生活基盤の多くを失うことになる。ついに隠忍するかわりに、西洋と義母のもとへ妻を別居させ、以後いっさい社会的存在として遇してやらぬことにした、という。

戦前の社会では、家内という空間の支配権は男子の嫡出子にある。「此世の常のさきはひ」のために隠忍して戻っていく邦子は、われとわが身を打つような自己処罰をしてみせなければならなかった。

いっぽう同じように「此世の常のさきはひ」のために養子の身である茂吉も、隠忍を余儀なくさせられた。しかし、こちらは被害者として苦渋を訴え、おおぴらな自己憐愍の情を表出してははばからない。これは茂吉の歌の特性だけによるのだろうか。

世間の同情を予期してそれに甘えるように訴える茂吉と、自己処罰をして見せなければ許されない邦子とは、ジェンダーの力学が働くこの社会の一対の心理表出とはいえないだろうか。

歌集『炎と雪』の時代の五島美代子

五島美代子といえば母性愛の歌人として名高いが、歌集『炎と雪』の時代の五島美代子を、もっと知ってもらいたいと思う。歌集『丘の上』『風』にも敗戦直後の歌は一部収載されてはいるが、『炎と雪』こそは、ＧＨＱ占領下、まさに価値観のひっくり返るような法制上の変革がつぎつぎになされていった時代に編まれた歌集である。

もつれあひ生命もえあひ支へあふ男をんなの道徹(とほ)り見ゆ　『炎と雪』

歩調あはせ健やかに並びゆけと思ふ卑(ひく)き女の足どりは捨てよ　同

一九四六（昭和二十一）年十一月、男女平等を明記した日本国憲法公布。その翌年の春、短歌誌「八雲」第三号（一九四七年二・三月号）に、五島美代子は、右のような歌をふくむ五十首詠「炎と雪」を発表した。歌集『炎と雪』はそれを巻頭に、一九四六年から四八年までの歌を収める。

一九四八年といえば、四月、新制大学が発足し、かつての帝国大学にも女性が入学できるようになった年である。長女は、この年、東大文学部に合格、五島美代子も東大文学部国文科の聴講生として通うようになる。戦後の混乱期、食糧難の時代ではあったが、女性にとっては大きな希望の時代が訪れた。かつて学問の道を自ら断った美代子は、男女が「歩調あはせ健やかに並び」ゆくことのできる新しい時代を、いま長女とともに生き直すかのように、若々しい意欲に燃えたっている。棚ぼた式の女性解放ではあったが、それを待ちかねた自らの希求として受け止め得た数少ない歌人のひとりが、五島美代子であった。

母千代槌は、明治女学校廃校ののち、自ら晩香女学校を経営した教育者である。明治女学校黄金期の再現をおそらくは生涯の理想としたであろう、いわゆる〈新しい女〉のひとりであった。社会に出て働く母親のもとで、反発も鬱屈も感じつつ成長した美代子は、当時としては先端的なリベラルな近代家族を形成し、いったんは専業主婦の道を選ぶ。母となることがわかったとき、学問と職業を捨て去り、子どもには同じような思いをさせたくないと家庭にこもって、母千代槌とは別の道を生きることを選んだのである。

しかし、昭和初期、プロレタリア短歌運動に夫茂とともに関わったときと、それから敗戦直後、歌集『炎と雪』の時代、この二つの時期の五島美代子には、母親ゆずりの、と言ってもよい、社会に開かれた目があった。

昭和初期に、〈自分の子には決してさせる日がないと安心して危険な作業の前を通り過ぎるのか〉（『暖流』）と、美代子はうたった。たとえば町中の通りで高い足場を組む工事現場のわきを通りすぎるとき、働く少年を見てふとそう思う。わが子というものを持ってしまえば、どうしても自分の子だけの幸せを願う「鬼子母神のこころ」に陥らざるを得ないおのれというものがある。それを、顧み、否定し、乗り越えようとする。自分も母である者だから危険な作業をする人の子もあわれむといったたぐいの、観念的なヒューマニズムではない。子をもった母のエゴイズムを自覚し、その否定の上に立った、社会に開く眼である。

歌集『炎と雪』の時代の五島美代子もまた、敗戦後の混乱の中、人々の生きるさまを、ことに長歌によくあらわした。長歌という叙事的なかたちでなければ、あらわし得ないものがあった。『炎と雪』には六つの長歌が短歌を付してうたわれているが、敗戦後の殺気だつ荒廃した巷で、幼いもの、若い人々、巷にうごめく人々をうたって、いずれも忘れがたい印象をあたえる。たとえば「煙草の火」は、長い列をつくって汽車を駅に待つ人々をうたう。

重い荷をかついだ老人、髪のみだれた若いむすめ、青ざめてそそけだつ頰のモンペの女は何か思案にくれている。なかの洋服の人が煙草を取りだし、手にもみながら暫くあたりを見回していたが、列の向こうに煙をふかしている人を見つけた。


……（前略）……わが立つ位置を　たのみますと　後（うしろ）にいひおき　急ぎ足に　火を乞ひにゆく　かへり来て　少しおちつき　吸ふ間もなく　お願ひしますと　寄りてくる　となりの列の　人ひとり　吸ひつけかへれば　しばしして　その列の人

二三人　くゆらし初めぬ　小さなる　煙草の火一つ　つぎつぎに　ひろまりてゆく
ひと時を　煙草もたぬも　吸はぬ女も　心かつがつ　いこひつつ　汽車来ぬひまの
しばらくの　朝のひかりを　ひとつに浴(あ)みゐる

反歌は次のような歌と他二首。

しづまれるひととき見ればありし日と変はりなき貌(かほ)か日本人のかほは

生きるにかつがつの人々が、煙草の火をつけ回して、ひとときしずかに朝の日を浴びている。人から人へささやかな希望のように拡がった煙草の火が点滅し、煙がおだやかにたちのぼる。近藤芳美や大野誠夫や、どの男性歌人の描いた戦後風景とも異なって、荒廃した巷にうごめく人々に、なお善き生への希望を、美代子は見出す。
戦後歌壇の女性たちによる「女人短歌会」結成にあたっては、このような歌集『炎と雪』の時代の五島美代子が、大きな原動力となったのだった。

衝撃（ショック）としての中城ふみ子とその後の女性たちの歌

一九五四（昭和二十九）年春の、中城ふみ子の登場は、今なお一つの衝撃（ショック）として記憶されている。しかし、これは現れるべくして現れたものとも言える。

敗戦を境にして、女性をめぐる社会環境が天と地ほどにひっくり返った。GHQによる積極的な指導のもと、男女平等規定を盛り込んだ新しい憲法が制定施行され、各種の法制度が改正された。堕胎罪がなくなった。姦通罪がなくなった。戸主権・夫権・父権を定めた家制度が改められた。かつて夫権のもとでは、女性は準禁治産者・禁治産者・未成年者と同様、無能力者と規定され、父権のもとで親権は奪われていたのである。もちろん選挙権・被選挙権もない。

これほど女性を締め上げていた法律のタガが外され、社会風潮が色合いを変えてゆくとき、女性たちの心はどれほど生気を与えられたことか。

それは、水がしみこむように拡がった。まず、五島美代子・山田あきをはじめとする戦前からの女性歌人が新しい時代の到来を謳歌する。やがて一九四九年、全国的な結社横断の組織として「女人短歌会」が結成される。もちろん歌壇的には少しも華々しいものではない。女どもが「女の領域」で時代の風に乗って何かやっているというくらいの認識であっただろう。しかし、確実に女性たちは変貌しつつあった。

それをいちはやく察知したのが、一九五〇年十一月、かの有名な「女流の歌を閉塞したもの」を明治神宮で講演した折口信夫すなわち釈迢空である。おそらく迢空は、「中城ふみ子」の登場を予感していたのではないか。

講演直前のこと、九月十月と矢継ぎ早に刊行された女人短歌叢書をもって、五島美代子・阿部静枝・川上小夜子らが迢空を訪れた。その歌集評など談話を記録したものが「女人短歌序説」である。

迢空は、刊行された歌集の一つ一つについて感想を述べた。なかでも阿部静枝歌集『霜の道』評が注目される。父のない子を産み、里子に出し、自らの経歴を隠して世を生きのびることは復讐のようだとうたうこの歌集を、阿部静枝自身はフィクションだとそのあとがきに述べた。しかし、これは体験から生まれた歌ではないかと、沼空は見破った。戦後の今だからこそ、筐底深くにおさめてあった悲しみの歌を、フィクションだと言いまぶしながら提出することができた――そう、沼空は感じ取ったのだと思われる。

〝良妻賢母〟〝あるべき女性像〟の抑圧から踏み出そうとする歌が、すぐそこまで来ていた。「あなた方の中、誰が犠牲となつて、流行の初めの血祭りにあがるか、或はその中に埋没する程一途の歩みをするかは訣らないが」と沼空は言った。新しい時代到来のための「犠牲」であり「血祭り」とならざるを得ない、そういう女性の歌が近づきつつあることを見ていたのである。

一九五三年九月、沼空は没する。沼空追悼号をもって、五四年一月、角川書店から月刊短歌雑誌「短歌」が創刊される運びとなった。それまでの「短歌研究」は、ライバル誌出現に編集の梃子入れをしなければならない。五年前から木村捨録のもとで編集に携わっていた中井英夫が、これを機に前面に出ることとなり、木俣修のサゼッションにより五十首詠募集をした。山と積み上がった応募原稿の束の、一番上は、はじめは中城ふみ子ではなかったという。何度も検討しなおした末に、中城ふみ子を選び出し、速達で差し替えの歌を要求。中城はすでに死の床にあった。こののちの数ヶ月間は激流のようであった。編集者中井英夫の〝歌壇との闘争〟と、中城ふみ子の愛と死のドラマとは、「血祭り」をいやが上にも煽り立てたのである。

思えば、女というものは、社会的な意味（ジェンダー）においてにも、性的な意味（セクシャリティ）においても、「性的存在」としてつねに視線にさらされている。「おとめ」「妻」「母」でなければ、「娼婦」なのだ。女は、つねに性として存在せしめられ、そこに縛りつけられている。阿部静枝は、歌集『霜の道』をフィクションだと言いなすことによって、「妻」「母」の埒内におのれを護った。中城登場の前年、森岡貞香の歌集『白蛾』が刊行されるが、ここには「未亡人」となるや、むきつけに男の性的な視線にさらされる苦痛をうたった歌がいくつもある。「出戻り」の中城ふみ子はひらきなおった。その死とひきかえに、挑発的にみずからの性的な身体をあえて視線のまんなかにおめず臆せず晒したのである。

歌壇は女同士を対抗させるかのように、「乳房喪失」に対して石川不二子の若い清潔な「円形花壇」を、歌集『乳房喪失』に対して三国玲子の清楚でつつましい歌集『空を指す枝』を好評した。しかしながら、これは後から振り返れば、中城ふみ子もよいし石川不二子もよい。三国玲子の歌もよい。要するに、女性の歌の幅のひろさを証明するにすぎない。

ただ、社会や世間道徳の蔑みや嫌悪を突き破り、少なくとも噴出口を開いたのは、この「中城ふみ子」という衝撃（ショック）だった。逆説的だが、性的身体を晒す歌の出現によってはじめて女性たちは、固く縛りつけられた「性としての存在」のくびきから身をゆるめることができるようになったのである。

以後、女性の歌は、戦後の貧困がなお残る時代、あるものはミシンを踏み、あるものは学校教師となって、職業生活をうたいながら、社会や政治にも目がひらかれてゆく。

わが縫ひし服着て通る人あれば高き窓より見つつ楽しき

三国玲子『空を指す枝』一九五四

受持ちの子等の弁当の貧しさよ今日吾れひとり肉たべにけり

馬場あき子『早笛』一九五五

また、あるものは夫に去られる嘆きを意志強くうたい、あるものは離婚するが、すでに「出戻り」といったうしろめたさはない。

声低く論語学而篇を読み始む苦しみの果ての安らひに似て

大西民子『まぼろしの椅子』一九五六

朝床に醒めつつ暇(いとま)あるゆゑに別れし夫(つま)を思ひてゐたり

松田さえこ『さるびあ街』一九五七

そして、この時期の新人女性歌集にはどれにも、「女という性」をもつおのれを反省的にとらえようとする歌がひそかに息づいている。

吾がペンに夫がインクを入れてゐる静かなる夜よ梟が鳴く
河野愛子『木の間の道』一九五五

風塵の激しき町に棲みわびて内なる声の熄むときもなし
安永蕗子『魚愁』一九六二

同時に、男性同様、一個の歌人としての成就を願って、その文体を研鑽追求するようにもなっていくのである。

美しき球の透視をゆめむべくあぢさゐの花あまた咲きたり
葛原妙子『原牛』一九五九

水甕の空ひびきあふ夏つばめものにつかざるこゑごゑやさし
山中智恵子『紡錘』一九六三

春の歌人のおはなし――斎藤史『ひたくれなゐ』

『ひたくれなゐ』(不識書院、一九七六年刊) は、斎藤史八冊目の歌集、一九六七年から七五年のあいだの七百十五首をおさめる。年齢にして、およそ五十八歳から六十六歳。

水辺の樹しきりに花を降らせつつ透明稚魚を祝福したり　「山湖周辺」

水底にときに小鳥の声とどくくらやみ色に変色されて　同

斎藤史の歌は、物語る。〝おはなし〟の世界、といってもよい。しきりに花を降らせる水辺の樹は、桜だろうか。うすもも色の花びらが水のうえに散りやまない、祝福の気を帯びて。水の中では、生まれたばかりの、骨まで透けそうな稚魚が、いとけなく命にあふれて群れている。「透明稚魚」という造語は、魚をほとんど透明な存在に化してしまう。生命の濃縮した空気が弾んでいるような、そのような存在に花びらはしきりに散って、祝福をおくる。

小鳥も、さえずっているのだ。小鳥の声は、樹や花や草に、そして水の面にも響かうが、それだけではなく、水の中にまで届いているはずだ。水中の世界に深く沈んで、底のあたりは暗やみ、そこにまで小鳥たちの声は響くだろうか。断続的に水底に届く声は、鈍く、重く、ゆがんでいるのにちがいない。まったく無邪気な、活発な、生命に満ちた世界が上方にあり、しだいに暗く、重く、鈍い死の世界が下方にある。それは連続している。

斎藤史の〝おはなし〟の世界は、単なる作り事ではない。現実生活の中で、笑ったり、憤ったり、苦しんだりする自分がいる。そのようなおのれのやり場のない現実の影が、心の領土に落ちてくるところ、それが斎藤史の歌の世界なのだ。

斎藤史は、心の領土に落ちてくる現実の影を言語化するとき、視覚的なイメージに転化せず、物語る。物語るという傾向は、初期の頃からだったといっていい。

この傾向が、斎藤史個人の起伏多い人生、ことに父斎藤瀏が連座、下獄した二・二六事件にかかわる一連「風の一族」〈戀よりもあくがれふかくありにしと告ぐべき　吟（さまよ）へる風の一族〉など、歴史的な〝大きなおはなし〟ともいうべきものへと展開するとき、物語ろうとする過剰さが歌を乗り出してあらわれる。生（ナマ）の現実を引きずった〝大きなおはなし〟には、歌を読んだあとに作者の主観の残滓のようなものが読む者の舌にのこる。

『ひたくれなゐ』では、これまでの歌集よりいっそう〝大きなおはなし〟を構成しようとする意識があらわである。そんな生（ナマ）の現実を背後において読む楽しみを持つ読者も多いと思われるが、わたしはむしろ掲出歌のような〝小さなおはなし〟の無邪気さ、軽やかさ、混じりけのなさをこそ愛する。この歌集のもっとも美しい部分がそこにあると信ずる。

鈴つけしくるぶし飾り鳴らしゆく春の足ありけふ野の上に　「密呪」

数本の痩せたる土筆（つくし）立たしめて砂礫の岸に来る春はあり　「朱黄の羽毛」

斎藤史は、春の歌人である。春の歌をうたうときの、ういういしいおとめの心躍りのような、透き通った、それでいて親しみにみちた軽やかさに、わたしの心はともに躍りださずにはいられない。春は、砂礫ばかりの荒地にさえ、ひょろひょろの痩せ土筆を立たしめる。柔らかな透き通ったひかりがあまねく差す。

信濃という地に縛りつけられた自分にも春は数本の痩せ土筆くらいのよろこびはもたらしてくれるというような、現実を引き込んだ寓話的な解釈を、これらの歌は許さない。もちろん読者がそう読もうと思えば読めるし、作者自身、そのように一連を構成しているところもある。しかし、虚心に歌に向き合ってみれば、言葉そのものがそんな成心あるところから出ていないことは、判然とする。否、どのような成心あろうとも、ふと無邪気な心が噴出しないではいられない資質をもっている。

われはなぎさの漂着物のひとつにて其処の何とも無縁に朽ちぬ

「夕鳥・ひかりごけ」

「風破れ」

うなづきて居れど信ずるにもあらぬ人と同時にまたぐ　廃油を

童話的な〝おはなし〟がたりを好む女性の歌人は少なくない。近現代の女性の歌の一つの型といってもいいくらいだ。しばしばそれは、現実に対する感覚のどこかを麻痺させたようなものになりがちだが、しかし、斎藤史の〝おはなし〟は、そのような〝おはなしめかし〟とはちがう。なまなかでない現実、その現実から搾り取ったエキスには、大人の辛みがあり、奥行きがある。

「われはなぎさの漂着物」に過ぎないがそこにある何とも混じらず無縁に朽ち果ててしまった……というが、むしろ歌は、そのあたりのどのようなものからも自己を無縁なものとしようとする、厳しい宣言のような気味あいがある。

ある日は、人にうなずいて会話を交わしながら、しかし決して信じはしない。この人ばかりでなく、誰をも自分は信じたふりをしているだけ。そういう人と同時に廃油をまたぐというところに、皮肉な滑稽みが生ずる。このような自己認識は、日本人的べたべたのおだんごくっつき主義とはまったく切れている。

自分一個において立ち、他との距離感をきっちりと保っている。自己に対する価値の意識をはっきりと持っている。これはやがて、自己一個の価値と、他の一個の価値とを、どのように調和させるかという問題を必ず生じさせるだろう。

おろかしく信じ易きに　街に充ちあな赤きひらたき人工もみぢ　「風たてば」

小声にてうたをうたふはよくよくに心屈してゐる証左なり　「夢織りの」

非力な文芸の徒が、現実の辛みを思い知るとき、闘いは〝見ること〟においてなされる。斎藤史も、視力を尽くして見ようとする。人々は愚かしく信じやすい。街に満ちている、あの安っぽくて赤い平たい作り物の紅葉を見よ。

視力は、戦う武器でもあるが、また知恵をも養う。誰かが小声でうたっているとき、それはよくよく心屈していることの証である。そういう心の法則を引き出す。

恋文横丁これよりななめに入りゆけと矢印の下の厨芥ポリばけつ　「風たてば」

糸みみずいつせいに伸びそよぎたり春の溝なればうすべにいろに　「背後」

「厨芥ポリばけつ」や「糸みみず」を、ずかずかとつかみ取ってくる側面もあるのだ。糸みみずを幸いにしてわたしは見たことがないが、想像するに、みみずの小型で細長い蛆のようなものではないかと思う。それが溝の中でうごめいている。気色が悪い。しかし、そんな先入観による概念を、歌はあざやかに引き破ってくれる。

桜桃の赤らみそむる可愛くて醜のむくどり食はずに居れぬ　「桜桃」

椋鳥はさも賢しげに見下せり手たたき罐たたく羽無しわれを　同

こんな歌を読むと、またまたわたしの心は躍り出す。白秋に〈ざるふりてすくふお前がうれしくておれは鰌になりにけるかも〉（『海阪』）という歌があるが、あの無類の無邪気な歌を思い出す。

最後に、あえて取り上げなかったが、『ひたくれなゐ』の歌として人口に膾炙した歌をいくつかあげておこう。

かなしみの遠景に今も雪降るに鍔下げてゆくわが夏帽子　「魚痩せて」

おいとまをいただきますと戸をしめて出てゆくやうにゆかぬなり生は　「ひたくれなゐ」

死の側より照明せばことにかがやきてひたくれなゐの生ならずやも　同

目でなぞるたび、ふくらむ快楽――『定本 森岡貞香歌集』

森岡貞香の『白蛾』というと、

うしろより母を緊めつつあまゆる汝は執拗にしてわが髪乱るる

のような歌がきまって挙げられるけれども、わたしはむしろ、次のような歌によって記憶したいと、つねづね思っている。

をんならの力づくで汚さるる歴史かなしたたかひに死するくるしみといづれ

『白蛾』（一九五三年刊）

未亡人といへば妻子のある男がにごりしまなこひらきたらずや

小説などおほよそ寡婦をおとしめたりわれが貞女といふにはあらねど

くらげのお化けのやうな絵がをんなだといふ浴槽いづるとき羞恥と怒りあり

わたしたちは、今や「未亡人」という語に生々しい道徳感覚を持たない。未亡人とは、いまだ亡き人。二夫にまみえずといって再婚を許さず、貞女たれという世間道徳の強い縛りとともに、後ろ楯のない女に対する侮りと、あからさまな性的嫌がらせによるつけいり――昭和二十年前後にはそれが現実であったのだ。

森岡貞香の歌には、このような女の置かれた位置に対する強いあらがいの声がある。敗戦後、多くの戦争未亡人が生まれ、新しい時代のもと、彼女たちの歌が注目されたことがあった。一九五三年刊の『白蛾』もまた話題になり、高い評価を得たのである。

今、わたしたちがこの第一歌集『白蛾』を読むとき、さまざまな萌芽が潜んでいることに気づく。しかし、以後の森岡貞香は、多くの共感を誘った『白蛾』の境涯詠的な側面を、削り落とそうと努力した。

わがこころの立坑ふかく降りてゆき原石を掘るごとくせんいま

『未知』（一九五六年刊）

それゆえ、『白蛾』を読むのと同じような目で『未知』以後の作品を読めば、大いに期待をはずされる。分かりやすくはない。時あたかも前衛短歌時代であったが、同時代の男性歌人の手法を模倣した形跡もみられない。このようにして一歩を踏み出すとき、いかに困難は大きかったことか。

土に還る葉のやはらかく香ぐはしき樹下の莫座に来てをりひとり

『珊瑚數珠』（一九七七年刊）

読み方を変えなければいけないのである。わたしたちは、言葉が導いてくれるがままに読みすすみ、そこに新たに作り出される世界を脳裏にたてなければいけない。土に還っていく葉、形が崩れていく、冷えて湿った、それでいてやわらかい香り、それを樹下の茣座に来てすわって身体じゅうに感じている、ただ一人で——。

ゆふかたにかけて久しく煮こみゐる大き魚（さかな）はかたち没せり
『黛樹』（一九八七年刊）

曲る枝のひとつひとつにくれなゐの薔薇（さうび）のありて風に浮きけり
『百乳文』（一九九一年刊）

これは、細い線書きのような、抽象化した歌いとり方。細い曲線に、赤い薔薇が重おもと浮いて揺れている。
一首を幾たびも目でなぞって、そのたびにふくらむ快楽——ここにはそのような歌の喜びがある。

＊

八層の建物いでしわれが影地上にありて跳ぶごと行けり　『珊瑚數珠』

八階建ての建物の明るい玄関口から出たひょろながい影が疾風のように跳ねながらゆく――そんな非現実的な場面を思い浮かべる。「跳ぶ」だから上下運動だが、どういうわけか、速度感がある。歌い出しの「八層」＝ハッソウという音がそれをもたらすのだろうか。「われが影」だから、「われ」もいるはずだが、そこには陰翳だけしか感じられない。「地上にありて」がいい。音のない、しずかな、少し冷えた、気配だけの空間。『珊瑚數珠』から『百乳文』までを読みながら、ほかにいくつも栞を入れたけれど、この気配の歌が忘れられなかった。

森岡貞香の歌は、いつも意識が見張っているようなところがあって、読む者は少々窮屈な思いをする。自分の歌をどういうふうにもって行くかという創作に対する自覚が、監視の意識となってあらわれるのだろう。

それほどに、森岡貞香はある意味で男性的な、自分で自己をコントロールしたいという願望をもつ歌人だった。これほどに歌の描画法に自覚的な歌人は、女性には稀である。

樹の下の泥のつづきのてーぶるに　かなかなのなくひかりちりぼふ　『黛樹』

「樹の下の泥のつづきのてーぶるに」――樹と泥とテーブルとが、平面上にひとつづきに色で塗り分けられている。テーブルには、かなかなの声が散らばったような光。三次元の世界を、このように見て描きとって言語化してみたかった、というつよい意図がつたわってくる。

が、それも『百乳文』へと移るに従って和らいでゆく。

をみな古りて自在の感は夜のそらの藍青に手ののびて嗟(なげ)くかな　『百乳文』

＊『定本　森岡貞香歌集』（二〇〇〇年七月十九日　砂子屋書房）

『鬼の研究』を鋳出した炎——馬場あき子

『鬼の研究』を出版した一九七一年前後を頂点とするおよそ十年間は、馬場あき子にとって、十九歳から始めた能楽や、民衆詩を唱える「まひる野」にあっての歌の研鑽、学生の頃からの古典研究、さらには教職員労働組合の一員として六〇年安保闘争を闘った体験、前衛短歌運動に加わって得た主題制作の方法など、いっさいが一つに融合していった時期であった。

その融合炉にもえさかる炎は、まず六〇年安保闘争の敗北体験と、さらに女としての「恋」の体験とであった。『鬼の研究』と双子の関係にある歌集『無限花序』に、それは明らかだろう。比喩や寓喩ではなく、体験の炎が異なる領域を一つに融合させたところに、馬場あき子の追随を許さぬ強靱さが生まれた。

『鬼の研究』に、馬場あき子はいう。民俗学の一分野として鬼の原像追求があるが、この「日本の鬼が土俗的束縛を脱し、その哲学を付与されたのは、中世において鬼女〈般若〉が創造されたことをもってはじめとしてよい」(「序章　鬼とは何か」)。その「中世における〈鬼の哲学〉の成立は、過去の時代に跳梁跋扈(ばっこ)し、またつぎつぎに消滅・誅戮(ちゅうりく)の運命に服した鬼どもへの深甚なる哀悼追慕の挽歌」(前掲)であって、それこそは「王朝繁栄の暗黒部に生きた人びとであり、反体制的破滅者ともいうべき人びとであった」(前掲)。『鬼の研究』は、その系譜をたどり、ことにも中世の能楽における鬼女〈般若〉の、鬼と化した女の心情を探り、最後に、現代にも「苛酷な情況を告発しつつ生きる人々の苦悩の表情」(「終章　鬼は滅びたか」)に鬼ごころを見て終わる。

ちくま文庫版『鬼の研究』解説で、谷川健一に「著者の心情告白の書」とも言わしめた、その「反体制的破滅者ともいうべき人びと」を世の嫌悪から救い出し、涙を注ごうとする心熱の出所が、まず六〇年安保闘争の敗北という体験にあることは、誰もがうべなうことであろう。

馬場あき子には、敗北の甘美な抒情に堕(お)ちない強靱さがあった。それが、『鬼の研究』

を書かせている。その根底には、『早笛』以来の馬場あき子の質としての、ものに対する深い共感性があった。

受持ちの子等の弁当の貧しさよ今日吾れひとり肉たべにけり　『早笛』

生活の何をささえて川ありや貧しき人多くほとりに住めり　『地下にともる灯』

万葉の夏は苦しき日でり畑わが祖は半裸の奴婢にかあらん　『無限花序』

はつらつとして愛らしい、晴れやかな声をもった世間知らずなおとめごが、敗戦後の「家庭における経済的基礎の衰退」によって「強い反省の契機」（『早笛』あとがき）を持ち、はじめて家や社会に批判的な見方をするようになるとき、公式的といってよいほど真正直に戦後的価値を受け入れていく、というようなことは、ありそうなことである。

ここから、六〇年安保闘争に自らを投入していくまでの道筋は一続きだ。注目すべきは、これらの「貧しき人」へのまなざしに高いところからの同情がなく、共感の弦が素朴に震えているところである。さらに『無限花序』では、「わが祖は半裸の奴婢」とも自らに引き取ろうとしている。

『鬼の研究』を鋳出した融合炉の炎は、まず六〇年安保闘争の敗北体験にあるが、さらにその根底にある、ものに対する深い共感性を指摘しておきたいのである。

だが、融合炉の炎はそれだけでは高温に達しない。そこに、女という体験、とりわけ「恋」の体験が、重要な触媒となっている。

おそらく教員生活や労働組合運動・安保闘争などの過程には、女の現実をしたたかに味わったにちがいないと推測する。それをはね返すバネとして、男女平等という戦後的価値の「人間」ではなく、独り待ち耐える「女の位置」を男に対抗する場として身に引き受けさせたものは、「恋」の体験であった。

歌の背後にあるかもしれない事実を云々しようというのではない。間接的な体験でもよい。しかしながら『早笛』の、

暖かき春の河原の石しきて背中あはせに君と語りぬ

という、何とも無邪気で初々しい「恋」から、『無限花序』の、

草むらに毒だみは白き火をかかげ面箱に眠らざるわれと橋姫

という「橋姫」連作の「恋」へは、現実社会の制度の中に女としてある苦渋を知ってはじめて、渡り得るところであることを指摘しておきたい。

馬場あき子の聡明さは、それを「女の宿業」というようなところにとどめなかった。歌や物語や日記など女の書き物や、女を主人公とした謡曲など、文学伝統の中から〈待つ〉という女の主題を抜き出し、母から娘、そのまた娘へという母系を取り出し、「女の文体」という文体論へと持っていった。

のちに「女手」「女の文体」は性別にかかわらないとも強調されるが、その根底には、現実社会の制度の中に女としてある苦渋を知るという〝体験〟——女の経験があった

ことを指摘しておきたいのである。

母胎に凝縮する歌のいのち――河野裕子

「ゆたゆたと血のあふれてる冥い海ね」くちづけのあと母胎のこと語れり
『森のやうに獣のやうに』

「青林檎」一連の中にあるので、歌を作ったのは二十二歳頃か。京都女子大学在学中だった。高校三年生のとき自律神経失調症で倒れて休学、一年後に治りきらないまま復学したと、年譜にはある。挫折を味わった若い心が、現実とは別世界へいざなってくれる短歌という場所を見つけて、夢中になって歌集を読み貪っている姿が浮んでくる。

なかでも中城ふみ子の性愛の歌の世界は、裕子の歌のいのちを解放した。

不遜なるわが生き方に赤痣の浮くほど頰うつ人もあれかし

中城ふみ子『乳房喪失』

誰よりも君に不遜のわれなりき落日に額砕かるるまで灼かれゐるべし

「青林檎」『森のやうに獣のやうに』

中城ふみ子の実家は呉服屋であった。裕子の実家も同じような衣料品を売る店をひらいていたようだ。『乳房喪失』における生活背景の類似による親しみや、病院にあって病に耐える思いへの共感は、女子大生であった裕子にはおとなびた世界であったはずの中城ふみ子の歌の世界を近しいものにしただろう。また、それよりさらにいっそう、〈不遜のわれ〉を突出させないではいられない中城の捨て身の感情表出の激しさに共鳴するところがあった。

すでに女の苦を知ってしまった中城ふみ子は、世間からの反発を充分に知り尽くしながら、あえてそれに抗う不幸を背負った。しかし、若い世代である河野裕子の歌は抗う不幸を感じさせない。女もこんなふうにうたっていいのだという確かな先例、導きとして、中城の歌があったからだろう。

歌の世界におのが身を解放しきって、みずからを肯定できるというよろこびが、たとえば掲出の「母胎のこと語れり」の歌にも満ちみちている。「ゆたゆたと」という語は、たちまち裕子の世界を現出させる。これは彼女のもっている色調である。「ゆたゆたと血のあふれてる冥い海」のような母胎というイメージは、裕子の想像力を刺激してやまない。

そういう母胎をおのれも所有するという自尊の感情にあふれ、充足しきっている。少女時代の生の不安定な日々が快癒した、と言っていいような歌の表情だ。

今刈りし朝草のやうな匂ひして寄り来しときに乳房とがりゐき

『森のやうに獣のやうに』

「夏の黄の花」一連の歌。この歌の少し前には〈ゆふべぬるき水に唇まで浸りゐて性欲とは夏の黄の花のやうなもの〉、また直後には〈われに向き草矢を射しがその夜を性欲あはく眠りてをらむ〉がある。

「今刈りし朝草のやうな」さわやかな匂いを「乳房とがりゐき」という女の性欲表現に取り合わせて、歌はわるびれもせず、健康なひかりに満ちている。「乳房とがりゐき」とは、性に帯電したおのが身体の全的な承認であり、称揚である。

歌集の最後の方だから、作ったのは一九七一年頃だろうか。あの頃は七〇年安保闘争が終わったのちのしらけきった空気がキャンパスを覆い、上村一夫の劇画『同棲時代』が読まれ、かぐや姫の「神田川」がうたわれていたころだった。若者の性と恋愛と結婚に対する考え方が大きく変化していった時代である。未婚の女性が歌に「性欲」という語をつかっても、「乳房とがりゐき」と女の能動的な性欲をうたっても、中城の時代とは違って、こんな女を息子の嫁にはできないと目をそばだてる歌壇の長老はもういなかった。

それでもわたし自身あの時代を思い返せば、これらは親には見せられない種類の歌である。親の世代以上の歌人も多い歌壇で、誰もが新鮮なおどろきと好感とをもってこのような女の能動的な性欲の歌を受け入れたのは、歌があくまでも初々しく、健康なひかりに満ちわたっていたからであった。

河野裕子の性欲の歌の根底には、若い生命力の衝動とともに、それがいのちの源に直結するというゆるぎない信頼がある。彼女の性欲は、快楽のためではない。それはいわば、生命力に突き動かされたけもののようなやみくもな性欲であって、性の快楽の追求ではない。先の掲出歌においても、「くちづけ」という性の行為はただちに「母胎」への連想に直結した。河野裕子の性欲の歌は、産むという、大いなる正当性を前提とするがゆえに、どんな世間的非難もゆるさず、かくまでに明るく健康にかがやくのである。

産むといふ血みどろの中ひとすぢに聴きすがりゐて蟬は冥かりき　『ひるがほ』

しんしんとひとすぢ続く蟬のこゑ産みたる後の薄明に聴こゆ　同

「聴こゆ」は本来「聞こゆ」だが、「聴きすがりゐて」という前の歌の能動的な姿勢によって、「聞こゆ」では物足りなく感じられたのだろう。
かつて、『森のやうに獣のやうに』では次のような二つの産む歌をつくっている。

産み終へし母の四肢やはく沈めつつ未明万緑いまだくらかりき

産み終へし母が内耳の奥ふかく鳴き澄みをりしひとつかなかな

この歌が、岡井隆の〈産みおうる一瞬母の四肢鳴りてあしたの丘のうらわかき楡〉（『土地よ、痛みを負え』）に刺激されて生まれたものであることは、ただちに見てとれる。岡井隆の歌は、「ナショナリストの生誕」という大作の、「1 その前夜」「2 父と母」「3 胎内」「4 生誕の日と夜」「5 祝電抄」「6 揺籃期」の六部に分かたれた、政治的比喩に満ちみちた歌群中の一首であった。裕子は、この岡井の「産みおうる一瞬……」という歌のエネルギーに感応して、ただちに七月二十四日生れのみずからの「生誕の日」をつくり出す。自分を産んだその日の母を思いえがく。

河野裕子の初期の歌には、バリバリという音が聞えそうなくらいに、先達の歌集を食いむさぼったあとが見える。歌に帯電したたましいは、ふと触れた一語から、たちまち裕子色に染まった一首を生み出す。

岡井の歌も換骨奪胎されて、政治的比喩は捨象され、「産む母」というテーマだけが取り出された。岡井のテーマ制作「ナショナリストの生誕」は、河野裕子に「産む母」というテーマがみずからのなかに沈んでいることを覚醒させるきっかけとなったわけなのだった。

裕子が初めての出産をしたのは、一九七三年八月のこと。〈産み終へし母が内耳の奥ふかく鳴き澄みをりしひとつかなかな〉という、母がおのれを産んだ日の記憶は、そのまま〈しんしんとひとすぢ続く蟬のこゑ産みたる後の薄明に聴こゆ〉という、おのれが子を産んだ日の記憶とかさなる。幾世代繰り返そうとも、産み終えた母の耳のなかにはひとすじの蟬の声がきこえている。裕子は、陣痛の血みどろのなかで、母から母へという「ひとすぢ」の声を、産み綱に縋るように聴き縋っていた。いま、母となることによってその「ひとすぢ」の末端におのれも連なるのである。

このような母の系列を意識する根底には、近代の〈母性〉という概念が流れていよう。近代に翻訳語として移入された〈母性〉という語は、大正末期から昭和初期にかけて知識層からあっというまに一般へと流布したものである。

〈母性〉概念は、さまざまに議論された。たとえば「実に母の愛は人類の属する一大動物階級なる哺乳類の特徴の一つ」（ウォード）、「母をして崇高ならしめるところのものは彼女が獣の一種だといふことである」（ユーゴー）、「熱い太陽の性質と波動する大海の性質とが、母性の特質だからであつた。かやうにして実りと母性とは、昔に於ては宗教的な尊敬を受けたものであつた」（エレン・ケイ）など、西欧の言説がつぎつぎに翻訳され、紹介された。

「生命の愛護者である母」であるがゆえに戦争を憎悪するという、世界や国家・社会の平和をいのる〈母性〉も、またこの時代に生まれた概念である。背景には優生学思想と社会進化思想がある。（詳しくは、拙著『二十世紀短歌と女の歌』「母性再考」参照。）

しかし、河野裕子が、これらの言説の逐一を読んでいたとはわたしも思わない。言説からではなく、五島美代子や山田あきや、母たちの世代から歌をもって手渡されてきたものであったからこそ、「産む母」としてのテーマを、裕子はこのように誰の目にも自然なものとして身体から採り出すことができたのである。

もっとも、一つ、注目すべきことがある。五島美代子の『暖流』は、初めての〈母性〉〈母性愛〉をうたった歌集と言っていいが、そこには性欲の歌はなかった。中城ふみ子を経た河野裕子において初めて、性欲と〈母性〉とが結びついたのだ。


みづうみの湿りを吸ひてどこまでも春の曇天膨れてゆけり　『桜森』

このおほきいきものの樹が春ごとに空に噴き出すしろさくらばな　同

湿りをふくんで、ぼあぼあとあわくやわらかく、膨らんだ描線は、ことに『桜森』くらいまでの裕子の特徴的な色調である。

みずうみの上を覆う春の曇天は、胎内の感じがする。体内、あるいは胎内。曇天に護られている安心感と、それがどこまでも膨らんでゆく無限拡張の伸びやかな気持ちよさ。

樹木もたしかに生物(セイブツ)だが、「いきもの」と言いあらわされたとたん、けだものめいてくる。春ごとにしろい花びらを噴出させるという空想もまた、けだものの感覚といってよいだろう。「空に噴き出すしろさくらばな」とは、体内から発する感覚である。

樹木の幹に目鼻を描いた絵本はいくつも見たことがあるが、そういう擬人化とはちがう。樹木を人に見立てるのではなく、樹木のなかに自分の感覚を入りこませて、そこから桜の大樹を見ているのである。

岡本かの子の〈桜ばないのち一ぱいに咲(さ)くからに生命(いのち)をかけてわが眺めたり〉(『浴身』)が、おそらくは裕子の想像力を刺激しているだろうが、かの子の歌を超えて、大きく単純化して、うつくしい。

五指が五指つくづくぬくし昼ふけて椿のこの木も膨れてをれり　『桜森』

ぼあぼあと膨張する感じ。それは人体に即して言えば、五指の末端の毛細血管にまで血が循環する感じ。もしかしたらこれは、妊娠期の身体感覚なのかもしれない。胎児の活発な細胞分裂は母体の血流を末端までうながすだろう。

一般に生命が歌の主題になることは多い。しかし、河野裕子はその生命を、いのちを産み出す母胎に凝縮させた歌人である。

わたしはかつて、生前最後の歌集となった『葦舟』の書評で、河野裕子の童話志向のみなもとは〈母のふところ〉にあるらしいと指摘したことがあった。

猫を抱くこの重たさにずつぷりともぐり込み私なんだか猫なんだか　『葦舟』

こんな歌を引用して「あらゆるものから護られてまるくぐまって安心していられる場所。それが河野裕子の求めてやまないものだ」と述べた。

かつても〈子がわれかわれが子なのかわからぬまで子を抱き湯に入り子を抱き眠る〉（『桜森』）とうたったことがあった。子がわれか、われが猫か、春の曇天か、しろさくらばながわれなのか、その境が溶けて同化してしまうようないのちのありようが、河野裕子のうたう生命である。

Ⅲ　女の歌の系譜

一、女の性的身体をうたう

春みじかし何に不滅（ふめつ）のいのちぞとちからある乳を手にさぐらせぬ

鳳（与謝野）晶子『みだれ髪』

春はみじかいものです、人も同じ。生の盛りの時期はあっという間に過ぎ去ってゆくものですよ、「不滅のいのち」を探るなどと、何をそんな空（くう）を摑むようなことばかり論じていらっしゃいます、この確かな熱い血の通う肉体こそがすべてではありませんか。そう言ってあなたの手をとり、ちからに満ちた乳房を探らせたのだった――。

意を訳せばこんなところか。一九〇一年、いまから百十年余りも前の歌なのに、何度読んでも「ちからある乳を手にさぐらせぬ」の率直な大胆さには驚かされる。

与謝野鉄幹・正岡子規など青年たちによる和歌改良の気運が高まり始めたばかりのころで、世の中はまだ宮内省派歌人を中心とする和歌の時代だった。和歌には恋歌の伝統があるが、用語の制限もあってこんな歌は埒外のことである。「アバズレ」とさえ中傷され、賛否両論、スキャンダルの渦が巻き起こった。

青年たちは親に隠れて『みだれ髪』を読み、女名前で晶子模倣歌を投稿したというほど一世を風靡したが、やがて歌壇は正岡子規の根岸派中心の歌に交替してゆく。以後、戦後にいたるまで、こんなにあからさまに女の能動的な性的身体を女自身が表出した歌は現れなかった。

プレンソーダの泡のごとき唾液もつひとの傍(かたへ)に昼限りなし

中城ふみ子『乳房喪失』

「唾液」という生々しい語を使うが、それを「プレンソーダの泡」という爽やかな比喩によって中和させ、歌全体は「ひとの傍(かたへ)」にある限りない幸福感をうたう。

一九五四年、中城ふみ子登場のとき、ある歌壇長老は、こんな女をあなたの息子さんの嫁にしたいと思いますか、と誌上で批評したものだが、それほどセンセーショナルに騒がれた中城ふみ子の歌でさえ、晶子の「ちからある乳を手にさぐらせぬ」に比べると、具体的な性的身体表出があるでもなく、能動的というよりむしろ慎ましい。

性愛場面がはばからず女性歌人たちによってうたわれるようになるのは、ようやく七〇年代に入ってから後のことであった。

汝が肩を咬みて真朱(あか)き三日月を残せし日より夏はじまりき

松平盟子『帆を張る父のやうに』

二、市場に投げ込まれて

今刈りし朝草のやうな匂ひして寄り来しときに乳房とがりゐき

河野裕子『森のやうに獣のやうに』

今刈ったばかりの朝の草のようにさわやかな、胸のどこかが掻き立てられるような、そんな青草の匂いのするあなたが近寄って来たとき、わたしの乳房もまたとがっていた——。先にも紹介した歌だが、「今刈りし朝草のやうな」という比喩が、欲情に連想しがちな隠微を中和し、いかにも初々しい健康なものにする。

中城ふみ子の捨て身の歌は同時代の女性たち、さらに河野裕子のような後の世代にうたう勇気を与えた。感情を正直にうたっていいのだ、性愛のことさえもうたっていいのだ、という一筋の解放の風がそこには通っていた。一九七〇年前後、河野裕子の歌に目をそばめるものはもはや誰もいなかった。
七〇年代半ばから後半にかけては、一群の若い女性歌人たちが登場する。同じ時代に七〇年安保闘争をくぐった後の田中美津がウーマン・リブ運動を起こしている。解放されたいという女の欲求が深いところでマグマのように動いていた。松平盟子の〈汝が肩を咬みて真朱(あか)き三日月を残せし日より夏はじまりき〉(『帆を張る父のやうに』)といった性愛の歌は、すでに比喩のさわやかさなどで歌を中和させない。女の性的身体の解放の表現がそのまま女性の解放に繋がる、という与謝野晶子の歌の水準にまで、ようやく歌が回復したといっていい。そこにうっちゃりを喰らわせたのは、かの『サラダ記念日』だった。

ハンバーガーショップの席を立ち上がるように男を捨ててしまおう

俵万智

やっかいな女の身体性を抜き去り、消費して「男を捨て」るほどの解放されきった〈気分〉は、八〇年代後半の市場を席巻する。一方、林あまりの歌のように、女の性的身体の露出もいよいよ大胆なものになっていき、むしろ市場がそれを誘導した。二〇〇〇年前後には、俵万智も、性的身体をうたう『チョコレート革命』を出版した。

思えば、晶子の「ちからある乳を手にさぐらせぬ」からして、女のうたう性的身体はすでに市場に投げ込まれていたのだった。女が女の性的身体をうたうとき、その挑発性は市場の欲望をかきたてる。解放への欲求の発露は、ふと気づくと市場の目にさらされて消費の対象に置き換えられている。

晶子の歌が、近代女性短歌の一つの発想の型を作り、二〇世紀末ようやくその限界に突き当たったということだろう。

三、現実に直面して

梅雨ばれの太陽はむし〳〵とにじみ入る妻にも母にも飽きはてし身に

山田（今井）邦子『片々』

梅雨ばれの昼の太陽がむしむしと照りつける。息苦しい油照りが皮膚ににじみ入って来るかのようだ。妻であることにも母であることにも飽きはててしまった、このどうしようもない身に――。

歌全体に流れるエキセントリックな調子や「飽きた」という語に、人はいくばくの反感をそそられるだろう。妻であること・母であることは玩具にでも飽きるような軽々しいものではない、と。あるいは自立という険しい道を選んだ女性から見れば、専業主婦として養ってもらいながら自分のやりたいことをやろうとするなんてと、功利的な甘さも感じ取ることだろう。

それでも、この歌に流れる身のおきどころのない女であるということの苦しみは、百年を経たいまも生々しく伝わってくる。家出をして経済的に困窮し、職業婦人として働く限界を知ったのちの結婚には、確かに功利的な動機が潜んでいたかもしれない。しかし、今その甘い夢は破られた。

字余りによる自由な破調、生の感情をそのまま打ちつけるようなうたい方、これは明治四十年前後の自然主義の波をかぶったのちの歌であることをしめす。

北原白秋の歌〈大きなる足が地面（ぢべた）を踏みつけゆく力あふるる人間の足が〉（『雲母集』）のように、明治末期から大正初期にかけて若い男性歌人たちは「人間（にんげん）」というhumanの翻訳語を歌に採り入れた。「人間」という概念が、彼らの内面をしきりに刺激していた。同じ時代、女性たちは「女」であるという高い障壁をまえに苦悶していた。いくら自由恋愛をして旧弊な家を出奔しようと、女は現実社会に「女という性」によって繋ぎとめられている。女は「人間」という語を謳歌することができなかった。

何が来てそゝのかしけん家を棄てひとりなげゝとおもふたくらみ

若山喜志子『無花果』

邦子と同郷の、若山牧水と結婚した喜志子もまた懊悩する。縫物で自活できないこともなく、自立心に富んだ喜志子の脳裏に、「家を棄て」るという選択がふと過ぎった。いっそ身軽なひとりになって、思いきり文学の世界を嘆じたい。だが、ふと振り返るとそこには赤子がいる。この子を何としよう。

性的身体の解放をエネルギーとする晶子世代の欲求はやがて、子を産む性であるという現実に直面させられたのだった。

四、産む身体を奪い返す

みどり子も薄着になりて窓ぎはの風に吹かれつつ指ねぶり居り

五島美代子『暖流』

窓際に置かれたベビーベッドに、白いガーゼの薄着をまとったみどり子がきげんよく指をねぶっている。窓の外には五月の青葉が日にかがやき、ここちよい風がしばしば吹き入る。若い母のまなざしはみどり子にのみそそがれ、室内には静かな満ち足りた幸福の気がただよっている――。

この歌の背景に、日に焼けた畳のある縁側や、舅姑小姑のいるざわざわとした大家族は似合わない。若い夫婦とみどり子三人だけの静かで穏やかな生活――大正末期から昭和初期にかけて増えつつあった都市中間層、当時の女性のあこがれの生活スタイルが浮かびあがってくる。

motherhoodの翻訳語「母性」はこのような時代に誕生した。五島美代子は、新概念「母性」を内面化した初めての歌人であった。以後、母の歌の典型となる。

かつての今井邦子や若山喜志子の苦しみは「産む身体」が自己のすべてではない、というところにあった。そこに葛藤が起きる。しかし、美代子の歌は、満ち足りた専業主婦としての生活を背景に、〈ひたひ髪風にふかせて一心に足運ぶ子を見ながら歩む〉と、己れを母として子に全投入する。

そもそもフェミニズム由来の語「母性」は、女による出産する身体の奪い返しだったとも言えよう。もはや「イエ」を存続させるための「腹は借物」ではない。それは国家・社会に対する「産む身体」であることの正当な認知の要求だった。「母性」の語は進歩的な男性たちにもむしろ歓迎され、たちまち日本語として根づいていった。

議事堂へむらがりせまる母の群に踏みまじはりて老いしらずわれは
山田あき『紺』

われはわれを産みしならずやかの太初吾(はじめあ)を生(な)せし海身裡に揺らぐ
河野裕子『桜森』

敗戦直後の山田あきの歌も、一九六〇年代以降の、核家族大衆化時代を迎えての河野裕子の歌もすべて、昭和初期に生まれた「母性」概念の血脈を引くものである。だが、この「母性」が個人として生きようとし始めた女にとっては檻となることを、やがて身に沁みて知る時代が来る。

産むならば世界を産めよものの芽の湧き立つ森のさみどりのなか
阿木津 英『紫木蓮まで・風舌』

Ⅳ　同じ時代を生きて

風の鳴る日は　道浦母都子

任意出頭拒否すればすかさず差しいだす逮捕令状われは面上げて受く　『無援の抒情』

「黙秘します」くり返すのみに更けていく部屋に小さく電灯点る　同

釈放されて帰りしわれの頰を打つ父よあなたこそ起たねばならぬ　同

逮捕は、歌によると、一九六八年十月二十一日に行われた反戦デモがきっかけであるらしい。逮捕令状を「面上げて受く」という悪びれない態度、取り調べに「黙秘します」と言い続ける頑強さ。政治犯としての誇り高い確信に満ちた態度、そのヒロイズムは、いつの時代にも人の心をつかむ。しかも、「父よあなたこそ起たねばならぬ」と反論する言葉には、青春の時代にある者の初々しさが添う。

この同じ年、道浦母都子より三歳年下であるわたしは、大学に入学した。キャンパスには立看（タテカン）が並び、昼休みになると、りんご箱の上に乗った男子学生がハンド・マイクをもってがなりたて、学生ホールの壁は黒ペンキで落書きされ、学食のテーブルの上には、ガリ版刷りのざら紙が何枚も乱雑に配られていた。ある日、食事をしながら読むともなしに読んだ一枚は、逮捕されたときにはどうすればよいかという、事細かなところまで行き届いたマニュアル集だった。

当時のキャンパスでは、ノンポリといわれる政治無関心派は軽蔑さるべき存在であったが、そのノンポリでさえ、核マル、中核といった極左派を心情的には支持し、共産党系の民青など、小馬鹿にしていたのである。なにかしら過激なものへの共感があった。しかし、いっぽうで、スクラムを組んで〈われわれ〉のなかに我を忘れて熱狂することはできなかった。クラス決議のときには反論を許さない空気から逃れるように下を向いていた。甘美をともなった英雄主義のにおいをかすかに感じて、それに反発した。

あてどなく街さまよいぬデモ指揮の笛の音のごと風の鳴る日は　　同

屈折した思いをもちながらも同じ時代を生きたわたしには、そのあてどないさまよいの気持ちが自分のもののようによみがえってくる。

日向の赤まま　河野裕子

しっかりと飯を食はせて陽にあてしふとんにくるみて寝かす仕合せ　『紅』

家族にしっかりと飯を食わせ、陽に当てた気持ちの良いふとんに寝かせ、このような仕合せをわたしは選択するのだと、歌は宣言する。

良妻であること何で悪かろか日向の赤まま扱(しご)きて歩む　同

「良妻」であることが何の悪いことがあろうかと、低い抗議のつぶやきをもらす。一九八八年頃のことだったろうか。アグネス・チャンの子育て論争があり、テレビでは金妻族が闊歩し、〝一周遅れの主婦〟が元気で、もうフェミニズムなんて肩怒らせるのは古い、若い女性たちは自然体で自由を享受しているといわれた時代、フェミニズムへのバックラッシュ（逆襲）の風をいち早く看取しての〝良妻宣言〟の歌ではあった。

しかし、わたしはこのような二首に、ふと胸を突かれる思いをした。

こんなにも存在の根拠を否定されるような圧迫感を覚えていたのか、と。そんなつもりではなかった。わたしが〝母性〟を批判し、〝女性性〟を批判したのは。女性が子を産んで母親になるということを否定したり、いま主婦である女性たちの生の根拠を否定しようというのではなかった。どうしてこうなってしまうのだろう。


肌いろの空沈みくる夕つかた母屋（おもや）の屋根のやはき勾配　『体力』

この母も死にたる祖母のやうにひとり樞（くるる）おとせし暗がりに寝る　同

河野裕子の歌の世界は、〈家族〉である。戦後生まれ世代になってようやく大衆化した、夫と妻と子どもとの市民的近代家族を舞台に歌が展開する。しかし、わたしが好むのは右のような歌だ。古代から連綿と続いてきた〈母の系譜〉、その長い時間が空間に現出したような「母屋の屋根のやはき勾配」がしめす仄暗いふところ。これらが少しも観念的でなく、河野裕子の肉にひったりと食い込んでいる。

しあわせな歌人だ。わたしは、自分が歌を作り始めて以来、河野裕子をそう感じ続けてきたのである。すでにわたしは、そこにいることができない。身の剝離するのを覚える。どんなに身がぼろぼろに傷つこうと、そこからもがき出てしまいたい衝動が突き上がる。

れんげの花のひと　永井陽子

二月の初めの日であったか、朝、流しに立っていると電話があった。永井陽子さんが亡くなったという、河野裕子さんからの知らせである。

永井さんと初めて会ったのは、一九八三年、名古屋での例のシンポジウム「女・たんか・女」のときであった。史上初の女性ばかりのパネリストだというので、小一時間ばかり早く着いた会場の楽屋で、景気づけにビールなど飲みもしたのではなかったろうか。永井さんはわたしより二つ年下で、いちばん若かった。声高ではないが、身をきっちりと守る人だった。

のちに、わたしが東京に出てきたころ、電話をくれて、高円寺で飲んだこともあった。珍しいことである。心配してくれていたのだろう。二人だけの同人誌を出していて毎号送ってくれた。そのたびにちょっとした添え書きがあって、心の芯に響いた。しかし、おおよそかすかな淡い交わりだった。永井さんは、言葉を浪費しなければならないような、濃い交わりは嫌いな人だったように思う。

河野さんは、「あの人、いい歌作ってたんやねえ。れんげの歌がよかったやん、れんげの歌が」という。電話を切ったあと、『なよたけ拾遺』『樟の木の歌』『モーツァルトの電話帳』『てまり唄』と、見つかるだけの歌集を取り出して、ひらいた。『てまり唄』の終わりの方にれんげの歌が何首かあるが、『樟の木の歌』にもこんな歌があって、声をのんだ。

　棺に入るるならば野の花春の花れんげ図鑑はわがために買ふ

『てまり唄』は、老いた母親の介護をして、その死を見送った時期の歌集である。その巻尾の歌は、

春すぎて飛行機雲を見しものはいのちながらふべきにもあらず

というのであった。

あとがき

本書は、一九九五年上半期、「西日本新聞」に連載した「女のかたち・歌のかたち」を中心に、短歌を作らない一般読者にも気楽に読んでもらえるような女性の歌鑑賞を集めた。一九九〇年代半ばまでに刊行された歌集の歌が中心になるが、そればかりでなく二〇世紀全般にわたる百年の女性の嘆きやよろこびの全容がたどれるように構成、若干加筆訂正した。

九〇年代半ばあたりからバックラッシュが始まったが、二〇二三年日本のジェンダー・ギャップ指数は、一四六ヶ国中一二五位という過去最低の順位である。残念に思いつつ、しかし本書はフェミニズム的な側面ばかりでなく、女の経験の総体を自分の身体で濾過させるようにして書いたものを集めた。本書のどの一首も、わたしにはいとおしい。

近年、女性歌人による女性短歌の評論や研究はすすんでいる。もし関心をもつ歌人があったなら、ぜひ個々の評論・研究をも読みすすんでみていただきたい。

短歌は、読み慣れない人には漢字が読めないという苦情をしばしば聞く。それでは残念なので、「女のかたち・歌のかたち」掲出歌については巻末に一覧を付して、ルビをできるだけ多くつけた。歌のしらべから伝わってくるものを聴き取っていただきたい。

本書の刊行にあたっては、短歌研究社の國兼秀二氏、担当の菊池洋美さんにたいへんお世話になった。記して感謝申し上げます。

二〇二三年五月二十五日

阿木津　英

初出一覧

Ⅰ　女のかたち・歌のかたち

「西日本新聞」一九九五年一月十一日から七月十九日まで毎週連載
但し、
俵万智の項　　婦人民主新聞「ふぇみん」二〇〇〇年五月二十五日
服部真里子の項　　「Sister On a Water」Vol. 1 2018. 6
江口きちの項　「短歌研究」二〇一二年三月号
北沢郁子の項　「現代短歌」二〇一九年一月号

Ⅱ　歌人と歌集

此身一つもわがものならぬ――白蓮と武子
北九州市立文学館第五回特別企画展　平成二十一年四月二十五日～七月五日
冊子「生きた、書いた、愛した　女性作家の手紙展」
家の女――若山喜志子
「短歌現代」二〇〇五年二月号

離縁宣告——今井邦子と斎藤茂吉　「短歌研究」二〇〇八年八月号
歌集『炎と雪』の時代の五島美代子　「歌壇」二〇〇七年五月号
春の歌人のおはなし——斎藤史『ひたくれなゐ』　「短歌現代」一九九九年十一月号
衝撃(ショック)としての中城ふみ子とその後の女性たちの歌　「短歌」二〇〇八年九月号
目でなぞるたび、ふくらむ快楽——『定本 森岡貞香歌集』
「短歌研究」二〇〇〇年十一月号、「短歌研究」二〇〇九年五月号
『鬼の研究』を鋳出した炎——馬場あき子　「短歌現代」二〇〇三年十一月号
母胎に凝縮する歌のいのち——河野裕子　「短歌」二〇一一年八月号

Ⅲ　女の歌の系譜

「しんぶん　赤旗」二〇一二年十月三十一日から十一月二十一日まで毎週連載

Ⅳ　同じ時代を生きて

風の鳴る日は　道浦母都子　婦人民主新聞「ふぇみん」二〇〇〇年六月二十五日
日向の赤まま　河野裕子　婦人民主新聞「ふぇみん」二〇〇〇年七月二十五日
れんげの花のひと　永井陽子　「あまだむ」二〇〇〇年三月　No.46

「I 女のかたち・歌のかたち」掲出歌一覧（ルビはすべて新カナ遣い）

はるかなる人のまぼろしきぞの夜(よ)も現(うつ)しみわれをばさいなみにけり　永井ふさ子『あんずの花』1993

プレンソーダの泡のごとき唾液もつひとの傍(かたえ)に昼限りなし　中城ふみ子『乳房喪失』1954

ラ・ポン・ミラボーききしレコード店を出づ雨降れり女の苦の行方(ゆくえ)はや　河野愛子『魚文光』1972

ネクタイのサイコロ模様をはずませて人近づいてくるティールーム　俵万智『チョコレート革命』1997

悪龍(あくりょう)となりて苦(くるし)み猪(い)となりて啼(な)かずば人(ひと)の生(う)み難(がた)きかな　与謝野晶子『青海波』1912

胎児つつむ嚢(ふくろ)となりきり眠るとき雨夜のめぐり海のごと　河野裕子『ひるがほ』1976

妊(みごも)りて立居やさしくなりし汝にもてなされゐてわれはまばゆし　富小路禎子『未明のしらべ』1956

詩句ひとつ請ふにはあらずからっぽの子宮を提げてぶらりと佇ちて　久我田鶴子『水の翼』1989

子によする切なき愛も吾子が言ふ自己陶酔に過ぎざりし吾か　五島美代子『母の歌集』1953

みどり子の甘き肉借りて笑(え)む者は夜の淵にわれの来歴を問ふ　米川千嘉子『一夏』1993

今日もまた髪ととのへて紅つけてただおとなしう暮らしけるかな　白蓮『踏絵』1915

梅雨ばれの太陽はむしくとにじみ入る妻にも母(はは)にも飽きはてし身に　山田邦子『片々』1915

魂の根を下ろしがたきこの地(ち)にしてなほ堪へる餘地(よち)のありと思へり　館山一子『彩』1941

未亡人といへば妻子のある男がにごりしまなこひらきたらずや　森岡貞香『白蛾』1953

車より樹の間とほして燈(ひ)の見ゆる家には本当の幸福ありや　渡辺貞子『山歴』1975

子も夫も遠ざけひとり吐きてをりくちなはのごとく身を捩(よじ)りつつ　秋山佐和子『空に響る樹々』1986

朝帰りの夫(つま)のため淹(い)るる珈琲を温(ぬく)めたり電子レンジで一分　松平盟子『シュガー』1989

せつなしとミスター・スリム喫(す)ふ真昼夫は働き子は学びをり　栗木京子『中庭(パティオ)』1990

越して来しむすめの家の声聞え常より早く戸を繰る夫(つま)は　川合千鶴子『歌明り』1988

襖(ふすま)開けて入りたるときになに可笑し老いたる父と母と笑えり　渡辺民恵『零雨集』1989

日本海に雪ふれりとぞ茹でこぼす牛蒡(ごぼう)はしるき香にたちながら　井上みつゑ『鵬程』1988

〈新しい女〉など言ふおぞましさ朝々這ひつくばひて床拭く　今野寿美『星刈り』1983

くらげ群るる中に仮死せる鯔(ぼら)の子は血のにじみたるくらげを　川合雅世『貝の浜』1990

むらさきの仔牛の舌のながながしと見てゐてあなや顔舐(な)められつ　石川不二子『鳥池』1989

エアカーテンの風をまともにゴムの葉はをやみなく揺れて光を散らす　大西民子『風水』1981

いつも一歩下がって生きているような首に巻きたる花のスカーフ　上妻朱美『螢』1992

いくさにて裂かれしからだ後生(ぐしょう)にて必ず直してあげるから子よ　桃原邑子『沖縄』1986

つつましく母性史読めりまよひなし強権は常に人を死なしむ　山田あき『紺』1951

舞いおわるひとりの足のほてるとき見捨つるに似て遠し〈六月〉　馬場あき子『無限花序』1969

あてどなく街さまよいぬデモ指揮の笛の音のごと風の鳴る日　道浦母都子『無援の抒情』1980

画面より「鉄の女」の声ひびき東のわれの今日ののをののき　三国玲子『鏡壁』1986

頭頂が痒くて痒くて掻きつのり血を流し掻く夢　覚めてあかとき　今井恵子『ヘルガの裸身』1992

後世は猶今生だにも願はざるわがふところにさくら来てちる　『山川登美子全集』1972

すこしづつ書をよみては窓により外をながめてたのしかりけり　『定本 三ケ島葭子全歌集』1993

生きてあれば古稀を迎ふる吾父を夜のともしびと恋ひ思ふかも　『津田治子歌集』1955

風塵の激しき町に棲みわびて内なる声の熄むときもなし　安永蕗子『魚愁』1962

自らを幸福と感じねばならぬかの如し太陽はかがやきをりて　安立スハル『この梅生ずべし』1964

たつた一個の林檎のくらがりの中に這入り幾日を座りをりしわれなる　高橋正子『紡車』1987

紡錘絲ひきあふ空に夏昏れてゆらゆらと露の夢たがふ　山中智恵子『紡錘』1963

あおあおと躰を分解する風よ千年前わたしはライ麦だった　大滝和子『銀河を産んだように』1994

風と風出会ひては結びすずしさの塩のごときを降らせてをりぬ　川野里子『五月の王』1990

何もせぬ一生と決めて寝ころべば海鳥の声胸に貼りつ　松実啓子『わがオブローモフ』1983

青空のまばたきのたびに死ぬ蝶を荒れ野で拾いあつめる仕事　服部真理子「Sister On a Water」Vol. 1 2018. 6

睡たらひて夜は明けにけりうつそみに聴きをさめなる雀鳴き初む　『江口きち歌集』1991

死ぬことを思ひ立ちしより三とせ経ぬ丸い顔してよく笑ひしよ　石牟礼道子『海と空のあいだに』1989

しかたなく洗面器に水をはりている今日もむごたらしき青天なれば　花山多佳子『樹の下の椅子』1978

水桶にすべり落ちたる寒の烏賊いのちなきものはただに下降す　稲葉京子『槐の傘』1981

息のなきものの確かさ灯(ひ)のもとに母のめぐりのみな顫(ふる)へゐる　春日真木子『空の花花』1987

痴愚(おろか)にてあはれなりけり涙垂り洟(はな)垂りてむくろ抱(いだ)き歩める　佐々木靖子『地上』1987

うすらなる空気の中に実りゐる葡萄の重さはかりがたしも　葛原妙子『葡萄木立』1963

太陽を仰ぐたんぽぽ茎のびてやがて光に吸はれてしまふ　原田汀子『千の無韻』1994

細い線太い線なる樫の木の根っこちかくがもりあがる見ゆ　沖ななも『木鼠浄土』1991

葱(ねぎ)の皮(かわ)はぎてゐる間(ま)もくれせまり北の小窓(こまど)に吹雪(ふぶき)ゆゆしき　生方たつゑ『山花集』1935

水を汲む音ほがらかにひびき来て御殿の朝はあけわたるなり　井伊文子『中城さうし』1936

力など望まで弱く美しく生れしまゝの男にてあれ　岡本かの子『かろきねたみ』1912

「貧困の底にても歌詠むは可能なりや」問ひすてて主婦らしき人が降りゆく　遠山光栄『褐色の実』1956

かぎろひの夕刊紙には雄(おす)性の兇(まが)々としてサダム・フセイン　黒木三千代『クウェート』1994

打たるるたびにかぶり振りをる女子(おみなご)に似て風の中カンナ佇ちをり　辰巳泰子『紅い花』1989

視界のうち不透明なる部分かぎりなくわれにものをば思はする　長沢美津『青海波』1987

「谷神(こくしん)・玄牝(げんぴん)」涙流れてとどまらず彼の山脈に日の刻む翳　『若山喜志子全歌集』1981

保守同士分裂とたはやすく報道す分裂は進展進展は分裂　四賀光子『青き谷』1969

風の中にわが身縒(よじ)ればもがり笛手足よりして鳴り出でにける　斎藤史『渉りかゆかむ』1985

介護付老人ホームに住まひする見知らぬ女になりおほさばや　北沢郁子『満月』2018

二〇二三年八月四日　印刷発行

女のかたち・歌のかたち

著者　阿木津　英

発行者　國兼秀二

発行所　短歌研究社
郵便番号一一二—〇〇一三
東京都文京区音羽一—一七—一四　音羽YKビル
電話　〇三（三九四四）四八二二・四八三三
振替　〇〇一九〇—九—二四三七五番

印刷・製本　シナノ書籍印刷株式会社

検印省略

ISBN978-4-86272-746-6 C0095